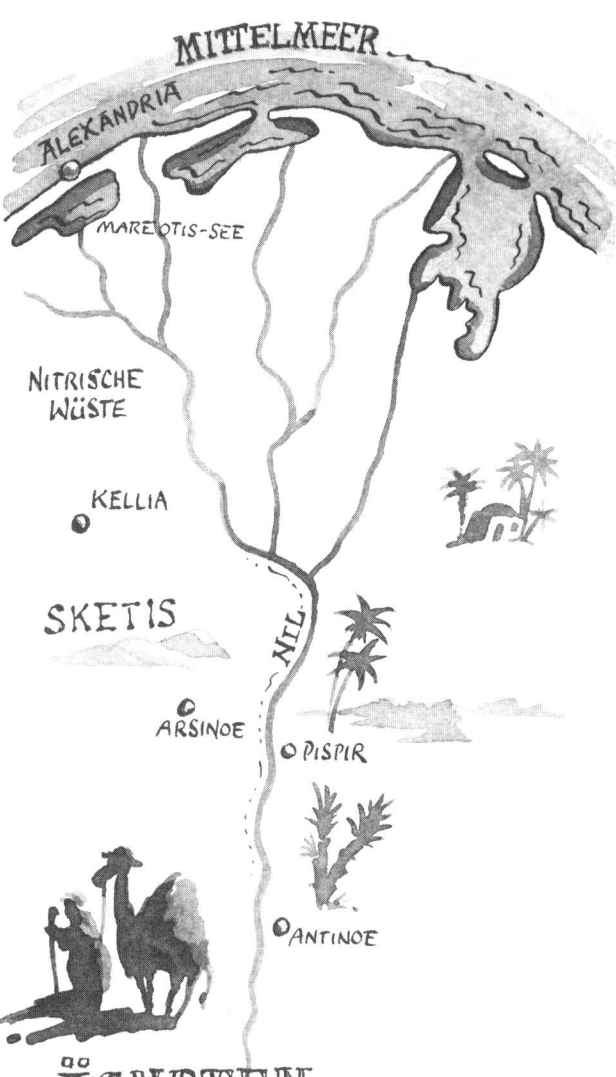

Derek Webster

Der Abt und sein Zwerg

Weisheiten aus der Wüste

Mit Illustrationen
von Klaus Müller

Übersetzt aus dem Englischen
von Karl Pichler

Pattloch

Die Deutsche Bibliothek - CIP-Einheitsaufnahme

Webster, Derek:

Der Abt und sein Zwerg : Weisheiten aus der Wüste / Derek Webster.
Mit Ill. von Klaus Müller. Übers. aus dem Engl. von Karl Pichler. -
Augsburg : Pattloch, 1998
    ISBN 3-629-00765-1

Titel der englischen Originalausgabe:
Derek Webster – The Abbot and the Dwarf – Tales of wisdom
from the desert

Erstveröffentlichung durch
© ST PAULS Publishing, UK-Eire, 1992

Übersetzt aus aus dem Englischen
von Dr. Karl Pichler, München

Deutsche Lizenzausgabe:
Pattloch Verlag, Augsburg
© 1998 Weltbild Verlag GmbH

Titelgestaltung: Daniela Meyer, Pattloch Verlag, Augsburg
unter Verwendung einer Illustration von Klaus Müller
Satz: Uhl + Massopust, Aalen;
gesetzt aus 10,5/14 pt. Garamond BE
Layout: Ruth Bost, Pattloch Verlag, Augsburg
Druck und Bindung: Ebner, Ulm
Printed in Germany

ISBN 3-629-00765-1

Inhalt

Vorwort

Dieses kleine Geschichtenbuch erzählt vom Abt Nikolas und seinem Schüler Johannes, dem Zwerg. Aber vielleicht kommen auch Sie selbst darin vor. Denn wenn Sie den Abt und den Zwerg näher kennenlernen, werden Sie eine überraschende Erfahrung machen. Die beiden sind einfache Menschen, sie sind arm in des Wortes ursprünglicher Bedeutung. Aber sie versuchen allen Menschen, denen sie begegnen, etwas zu schenken: Oftmals geben sie ein Rätsel auf, dessen Lösung nur im Leben zu finden ist. Manchmal stellen sie eine Frage, die ganz auf die konkrete Person des Fragenden zugeschnitten ist. Bisweilen schafft, was sie schenken, Stille. Meistens versuchen sie, dem Leben einen Raum zu eröffnen. Denn nach diesem Entfaltungsraum für das Leben sehnen sich die Menschen, die ihnen begegnen.

Der Abt und sein Zwerg bieten nur eine leere Schale an. Aber hallt diese Schale nicht wider von der Tiefe der Unendlichkeit? Abt Nikolas gibt einen dünnen Faden. Aber führt dieser dünne Faden, wenn man ihn aufgreift, am Ende nicht bis zum Tor der Heiligen Stadt Jerusalem? Johannes hält den Menschen einen Spiegel vor die Augen. Was spiegelt sich darin? Wartet ein Bild der Liebe hinter der Geschäftigkeit des Lebens? Vielleicht, vielleicht auch nicht.

Geschichten haben die Kraft zur Verwandlung. Man muß sie nur mit dem Leben konfrontieren. Wenn wir

Geschichten leben, werden sie zur Interpretation unseres Weges. Geschichten, die von sehr speziellen Dingen handeln, sind offen für vieles. Andere beschwören ein Geheimnis, das uns anzieht, aber dunkel bleibt. Eine Geschichte kann, wie ein stiller Fingerzeig, die Aufmerksamkeit auf etwas richten, was jenseits von Raum und Zeit liegt. Und Geschichten können Raum und Zeit aufheben. Sie fragen nicht nach historischer und zeitgeschichtlicher Richtigkeit. Vielmehr wollen sie uns mit den Mitteln der Poesie und Phantasie ihre Weisheit schenken.

Die Welt der Wüste mag uns fremd erscheinen, es ist aber eine Welt voller Kraft. Wer sie berührt, sieht klar; er wird die Prioritäten seines Lebens entdecken, denn die Wüste spricht sehr direkt von Leben und Tod. Abt Nikolas und Johannes der Zwerg wurzeln in der reichen Tradition des frühchristlichen Mönchtums. Wenn in den Geschichten von Abt Nikolas die Rede ist, dann sollte er nicht mit dem Abt des benediktinischen Mönchtums verwechselt werden. Vielmehr ist Abt Nikolas der „Abbas", das heißt der „Altvater", „Wüstenvater" oder „Mönchsvater". Gemeint ist damit der geistliche Vater und Meister, der aufgrund seiner Lebenserfahrung als Mönch anerkannt und mit dem Vatertitel geehrt wurde. Die nüchterne Strenge und Weisheit des frühchristlichen Mönchtums und die visionäre Kraft der Wüstenväter des 4. Jahrhunderts haben immer wieder Menschen fasziniert. Die Gleichnisse und Geschichten dieses Buches reihen sich in diese Tradition ein. So berühren sie Menschen von heute in einer besonderen Weise.

Beim ersten Lesen werden die Geschichten Sie ein wenig unterhalten. Lesen Sie die eine oder andere Geschichte zum zweiten Mal, jetzt vielleicht mit mehr innerer Anteilnahme, dann werden Sie vielleicht nachdenklich. Wer über die Weisheit der Geschichte nachsinnt und sie daraufhin ein drittes Mal „mit dem Herzen" liest, möchte sie sich vielleicht aneignen, vielleicht in ihr leben. So wird Ihre Geschichte für Sie zu einem Gedicht, Ihr Leben verwandelt sich in Musik.

Ich hatte vor einiger Zeit von meiner Universität ein sogenanntes Freisemester zugestanden bekommen. Ich bin daraufhin nach Israel gefahren, um ein wissenschaftliches Buch zu schreiben. Aber es geschah etwas völlig Ungeplantes und Unvorhergesehenes. Anstatt mich wie geplant zwischen Bibliotheken und historisch bedeutsamen Orten, zwischen gelehrten Instituten und archäologischen Stätten zu bewegen, zog es mich immer stärker an einsame Orte. Die Wüste schlug mich in ihren Bann. In dieser Zeit, die ich allein für mich verbrachte, wurden die Geschichten von Abt Nikolas und Johannes dem Zwerg geboren. Niedergeschrieben habe ich ihre Geschichten jedoch erst viel später. Ich mußte selbst diese „Wüstenerfahrung" erst begreifen, ich suchte nach Erklärungen für diese Erfahrung.

Schon viele Autoren vor mir haben gewandt und scharfsinnig über die Einsamkeit, über Kontemplation und über die Wüste geschrieben. Mich haben vor allem die Werke von Thomas Merton, A. M. Allchin, Andrew Louth und von dem Dichter R. S. Thomas angesprochen. Sie halfen mir auch, meine Erfahrung zu deuten. Besonders anregend waren für mich ebenfalls die Übersetzungen der Quellen durch Benedicta Ward, Norman Russell und Helen Wadell. Ihnen – und außerdem J. P. Migne – fühle ich mich besonders verpflichtet. Ihr Werk ermöglichte mir, bestimmte Gedanken, konkrete Plätze und Namen zu verwenden, um diese Wüstengeschichten in einem besonderen Kontext zu verorten. Die Weisheiten aus der Wüste wollen ganz und gar nicht eine wissenschaftliche Abhandlung sein, wie es die genannten Werke sind. Sie bedienen sich nur sehr frei der Brille der Wüstenväter des 4. Jahrhunderts – ohne daß nach der zeitgeschichtlichen Korrektheit im Einzelfall gefragt werden sollte –, um auf diese Weise auf das 20. Jahrhundert zu blicken. Ein Glossar am Ende des Buches gibt Ihnen Hinweise und Hintergrundinformationen, die dem besseren Verständnis dienen. Wenn der Blick durch die Brille der Wüstenväter irgendeinen Wert haben sollte, dann gebührt mein Dank denen, aus deren Weisheit ich geschöpft habe. Gerne erkenne ich meine Schuld an, in der ich ihnen gegenüberstehe, und ich hoffe, daß weder sie noch ihre Nachfahren Grund haben zu befürchten, diese kleinen Geschichten könnten den Ruf ihrer Gelehrsamkeit oder ihrer Spiritualität mindern. Weder Abt Nikolas noch Johannes der Zwerg – noch ich – würden das wollen. An dieser Stelle danke ich auch den Priestern und der

Gemeinde der Peterskirche in Cleethorpes, die mir über viele Jahre hin soviel gegeben haben, besonders Brian und Tom. Von meinen Kollegen an der Universität und von meinen Studenten lerne ich unablässig; eine Erfahrung, die ich mit allen Lehrern teile. Ich danke allen, besonders Alan, Mike und Molly. Ohne das Verständnis und die Unterstützung meiner Familie hätte ich dieses Buch nie begonnen, geschweige denn zu Ende gebracht. Ich danke ganz herzlich Ruby für das Interesse, das sie „ihrem Buch", wie sie es genannt hat, entgegengebracht hat. Ich danke Wendy und meinen Kindern – sie wissen warum. Und ich danke Andrew, Graham und Marris, die leider nie erfahren werden warum. Ein besonderer Dank geht an Veronica Fraser, Director of Education in der Diözese Worcester. Sie nahm sich Zeit, dachte mit und ermutigte mich, als es am nötigsten war.

Wer versucht, christliche Spiritualität in Geschichten zu fassen, weiß, wie sehr er den großen religiösen Traditionen der Welt verpflichtet ist. Man hat auch schon gesagt, es gäbe keine neuen Geschichten mehr. Ich hoffe, daß ich nicht unwissentlich Urheberrechte verletzt oder Material verwendet habe, das andere als ihr geistiges Eigentum betrachten.

Aber nun lassen Sie sich führen in die Welt von Abt Nikolas und seinem Schüler Johannes dem Zwerg …

Derek Webster

Von den drei Gästen

Über die Wahrheit

Eines Morgens empfing Abt Nikolas drei Besucher.

Der erste Gast kam in seinen kleinen Hof, als die Sonne aufging und er mit Ziegenmilch und Käse das nächtliche Fasten beendete. Der Reisende stieg vom Kamel, ließ seine Begleiter am Tor zurück und bat um Erlaubnis, die Zelle betreten zu dürfen. Biar, so hieß der Besucher, war ein Edelmann aus Alexandrien, gekleidet in blaue Seide und feinstes Leinen. Nikolas begrüßte ihn und wusch ihm die Füße, dann beteten sie gemeinsam, und es wurde für Biar und seine Diener ein einfaches Mahl bereitet.

Nikolas lebte mit seinem Schüler Johannes dem Zwerg ein einfaches Leben in der Nitrischen Wüste. Die

Gläubigen sagten von ihm, seine Heiligkeit sei so groß, daß Gott ihm die Kenntnis aller Dinge gewährt habe, und die Weisen achteten seine Demut.

Biar kniete vor Nikolas nieder und sagte: „Ehrwürdiger Vater, ich bitte dich, schenke mir die Wahrheit."

Nikolas schwieg eine ganze Weile. Dann streckte er seine Hand aus und nahm aus einer Schale eine Wüstenrose. Er reichte die Blume Biar, segnete ihn und entließ ihn.

Am Vormittag kamen Sklaven mit einer Sänfte an das Hoftor. In der Sänfte saß, gekleidet in roten Samt und reichste Felle, Pelusia, eine Prinzessin aus dem königlichen Haus von Theben. Sie bat um Erlaubnis, die Zelle betreten zu dürfen. Nikolas begrüßte sie, wusch ihr die Füße und betete mit ihr. Dann brachte Johannes ihnen zu essen.

Pelusia kniete vor Nikolas nieder und sagte: „Ehrwürdiger Vater, ich bitte dich, zeige mir die Wahrheit."

Nikolas schwieg eine ganze Weile. Dann beugte er sich vor, hauchte sie an, segnete sie und entließ sie.

Ich bin gering und verachtet,
doch ich vergesse nie deine Befehle.
(Psalm 119,141)

Zur Mittagszeit kam ein schwacher und zerbrechlicher Mann, mit nur groben Lumpen bekleidet, humpelnd zum Tor und bat darum, vom Brunnen im Hof trinken zu dürfen. Er war einmal Marktfeger in Alexandrien gewesen, aber jetzt war er für diese Arbeit zu alt. Nikolas kam zu ihm heraus und umarmte ihn zur Begrüßung. Da die Sonne vom Himmel brannte, führte er ihn in seine Zelle und wusch ihm die Füße. Dann feierten sie die Synaxis.

„Mögen diese irdischen Krumen Brot für uns zu
dem unsterblichen Weizen werden,
der Sein Leib ist.
Mögen diese Tropfen Wein für uns zum Trunk von
jenem unsterblichen Wein werden,
der Sein Blut ist."

Der alte Mann bekam ein schlichtes Mahl, dann kniete er nieder vor Nikolas und sagte: „Ehrwürdiger Vater, ich bitte dich, beantworte mir eine Frage: Was ist Wahrheit?"

Nikolas blickte voll Liebe auf Asklas, den Straßenfeger von Alexandrien. Und er zog ihn freundlich zu sich empor. Sie saßen zusammen und sprachen angeregt miteinander. Stunde um Stunde verrann. Johannes brachte ihnen Wasser und Brot, aber sie schienen es nicht zu merken. Es war fast schon Abend geworden, als Nikolas den alten Mann segnete und dieser ging.

Ich habe den Weg der Wahrheit gewählt …
Wie köstlich ist für meinen Gaumen deine
Verheißung …
Die Erklärung deiner Worte bringt Erleuchtung,
den Unerfahrenen schenkt sie Einsicht.
(Psalm 119, 30.103.130)

Nachdem sie die Psalmen zur Nacht gebetet hatten, saß Johannes noch still bei Abt Nikolas und sagte dann: „Ehrwürdiger Vater, die drei Gäste haben die gleiche Frage gestellt. Warum bist du mit jedem anders umgegangen?"

Mit dem Anflug eines Lächelns antwortete Nikolas: „Wir waren doch nicht ungastlich, mein Freund? Unsere Gäste haben erhalten, was sie zu empfangen bereit waren.

Biar glaubt, die Wahrheit sei einem mit Edelsteinen geschmückten Pokal zu vergleichen, den er zum Besitz erhalten könne. Dieser Gedanke hält ihn gefangen. Ich habe ihm etwas gegeben, was man besitzen kann. Aber die Wüstenrose wird bald verwelken, und dann wird er mehr verstehen. Pelusia glaubt, die Wahrheit sei etwas, das gezeigt werden könne wie das fächerförmige Rad der Schwanzfedern ihrer Pfauen. Dieser Gedanke hält sie gefangen. Ich habe ihr etwas gegeben, was man nicht zeigen kann. Bald wird sie mehr verstehen. Asklas weiß, daß der Mensch immer nach der Wahrheit verlangt, denn dieses Pilgerleben zwischen Geburt und Tod ist von ihr bestimmt. Dieser Gedanke macht ihn frei. Wahrheit ist der Anfang und das Ende seines Fragens. Sie läßt ihn leben und wohnt in ihm. Er sehnt sich nach ihr, und sie ist ständig bei ihm. Sie ist mit ihm, wenn er den Markt fegt.

Nicht mehr lange, und er findet sie erfüllt in seinem Tod."

Johannes dachte eine Weile nach und fragte dann: „Dann ist jeder von uns ein Moment in der Wahrheit des anderen?" Nikolas blickte ihn an und blickte zugleich über ihn hinweg. Er sagte ruhig: „Wie jetzt. Und vielleicht für immer."

> *Von ganzem Herzen suche dich …*
> *Ich berge deinen Spruch im Herzen …*
> (Psalm 119,10–11)

Vom Leben in der Wüste

Über die Stille

Kurz vor dem Abendgebet kam Abt Nikolas von einer langen Reise durch die Sketis, die er allein unternommen hatte, zu seiner Zelle zurück. Sein Schüler Johannes begrüßte ihn mit einer Umarmung und wusch den Staub der Wüste von seinen Füßen. Dann beteten sie gemeinsam die Psalmen.

> *Er rettet dich aus der Schlinge des Jägers*
> *und aus allem Verderben.*
> *Er beschirmt dich mit seinen Flügeln,*
> *unter seinen Schwingen findest du Zuflucht.*
> (Psalm 91,3–4)

Dann aß Nikolas das Brot und die Feigen, die sein Schüler für ihn bereitet hatte. Aber er sprach kein Wort. Johannes tat zwei Tage seinen Dienst, und mit Ausnahme der Aufforderungen zum gemeinsamen Gebet sagte sein Meister nichts.

Beim Sonnenaufgang des dritten Tages rief er Johannes zu sich. Er stellte ihm folgende Frage: „Mein Sohn, was zerstört die Stille?"

Johannes saß ihm schweigend zu Füßen und dachte eine Weile nach. Dann antwortete er:

„Mein Herr, wie die klare Morgenluft nicht zu sehen ist,
bevor das Rauch erzeugende Feuer erloschen ist,
so löschen sündige Neigungen die Stille aus,
in der allein das Herz die Weisheit aufzunehmen vermag."

Nikolas stimmte zu, und Johannes fuhr fort:

„Der Eine Allheilige hat viele Höhlen tiefster Finsternis gebildet,
um dort Seinen Schülern zu begegnen.
Der Lärm ihres Wissens aber kann die Stille vertreiben,
in der Seine Herrlichkeit ruht."

Der Abt lächelte gütig, und Johannes fuhr fort: „Meister, wenn zwei Flüsse aus derselben Quelle entspringen, so ist der eine, der sich in tausend Arme teilt, ohne Wert. Sein Wasser ist zu kärglich, als daß es dem Bauern nützlich wäre. Der andere aber, der ein einziger Strom bleibt, ist für ihn hoch erfreulich. So erschlägt das tausenderlei Beiwerk des Lebens die Stille, in der die Einzigartigkeit des reinen Glaubens thront."

Nikolas stellte seinem Schüler eine weitere Frage: „Mein Sohn, welche Wahrheit liegt in der Stille?"

Johannes dachte lange nach, bevor er antwortete. Dann nahm er eine Feige in die Hand und sagte: „Jedes Samenkorn der Feige trägt in der Stille seiner Fruchtbarkeit das Geheimnis eines Baumes." Der Abt nickte und wartete, daß er weitersprach. Da sah der Zwerg, wie die Strahlen der Sonne das Dunkel der Zelle durchdrangen, und sagte: „Das Licht des Tages läßt alle Dinge sehen. Aber wie das Auge beim Sehen nicht auf sich selbst blickt, so verharrt das Licht, das die Dinge zeigt, über sich selbst im Schweigen."

Nikolas stimmte zu und ermunterte ihn, fortzufahren. Johannes aber hielt inne. Schließlich sagte er:

„Das Leben, das in seiner Fülle hervorbringt
den Leviatan, das Geißblatt und mich,
wird gegeben, entfaltet sich und wird genommen
in geheimnisvoller Stille."

Der Meister wies Johannes freundlich an, sich zu ihm zu setzen.

Die Stille ist ein einsamer Fremdling inmitten des
Lärms der Welt.
Stelle dich an das Ufer des Meeres, und sieh sie zu
dir kommen.
Siehst du eine Frau den sich verdunkelnden Weg
gehen: es ist sie.
Sie ist die Büßerin am vergessenen Grab.
Sie ist der Rausch des neu erwachenden Frühlings.
Sie ist die Unschuld des spielenden Kindes.
Über die endlosen Sanddünen bringt die Stille
jedem ihr Geschenk.
Sie vollendet alle Dinge.
Sie verwandelt den Tod in Schlaf.
Allein sie wendet den Strahl der Sonne
in Ewiges Licht,
allein sie verwandelt Heilige Schrift
in Göttliche Weisheit.
Sie formt aus irdischer Empfindung innigste Liebe
zu Christus.

Eine ganze Weile schwiegen sie. Dann begann der Abt zu sprechen: „Deine Rede enthält kostbare Perlen …" Johannes unterbrach ihn ruhig: „Aber die Kette aus Perlen hast du mir gegeben." Dann herrschte wieder Stille, bis es Zeit war für die Psalmen und das Gebet.

Durch das Meer ging dein Weg,
dein Pfad durch gewaltige Wasser,
doch niemand sah deine Spuren.
(Psalm 77,20)

So geschah es, daß Johannes der Zwerg erfuhr, daß der, der die Wahrheit ist, gegürtet ist mit Schweigen und Stille.

Von den fünf Reisenden

Über den Ruf

*Du bist es, der mich aus dem Schoß meiner
Mutter zog,
mich barg an der Brust der Mutter.*
(Psalm 22,10)

Als Abt Nikolas und Johannes der Zwerg die Morgenpsalmen anstimmten, trafen fünf Reisende am Tor zu ihrem Hof ein. Sie waren auf der langen Reise nach Arsinoe. Die beiden frommen Männer umarmten ihre Gäste zur Begrüßung und setzen ihnen dann ein einfaches Mahl aus gesalzenem Brot, Datteln und frischem

Wasser vor. Dann erzählten die Besucher dem Abt ihre Geschichten. Sie hatten alle einmal den Wunsch gehabt, in der Wüste ein Leben der Keuschheit zu führen. Aber jeder wurde durch einen besonderen Umstand davon abgehalten, diesen Weg zu gehen.

Der erste, der das Wort ergriff, war ein hochgewachsener, älterer Mann. Er trug einen langen mit Fell besetzten Mantel, sein Name war Sopatros. Er kannte sich aus in der Heilkunde und wußte um die Wirkung der Kräuter Bescheid. Mit großem Ernst sagte er:

„Als ich ein junger Mann war, wurde meine Heimatstadt von einem grausamen Heer verwüstet. Viele wurden verwundet und starben. Krankheiten und Seuchen griffen um sich. Ich wollte das Leid meiner Familie und der Armen lindern. So lernte ich die Heilkunde. Und so kam es, daß ich nicht den Weg der größeren Heiligkeit eingeschlagen habe."

Der zweite, der sprach, war Chomas. Er war sehr viel jünger und trug das grobe Kleid eines Zimmermanns.

„Und ich habe mich in eine fromme Frau verliebt. Wir haben geheiratet, und Gott hat unsere Ehe mit sechs Töchtern gesegnet. Wir bemühen uns, wie die Jünger des Herrn zu leben. Wir arbeiten, geben Almosen und singen dem Herrn in Freud und Leid Lobgesänge. Und so kam es, daß ich nicht den Weg der größeren Heiligkeit eingeschlagen habe."

Der nächste, der sprach, war ein eher rundlicher Mann in einem reich bestickten Mantel. Er hieß Dulas und war Advokat.

„Als ich ein junger Mann war, wurde mein Vater zu Unrecht eingesperrt. Jedesmal, wenn ich ihn besuchte, war ich erschüttert von der Not der Schwachen und der Bestechlichkeit der Richter. Da begann ich mit dem Studium des Gesetzes und bildete mich zu einem Advokaten aus, um unschuldige Gefangene verteidigen zu können. Und so kam es, daß ich nicht den Weg der größeren Heiligkeit eingeschlagen habe."

Der vierte der Männer wurde Sarmatas der Weise genannt. Über seinem gebeugten Rücken trug er die Toga des Lehrers. Bedächtig sagte er:

„Ich bin in Alexandrien aufgewachsen und war Schüler des weisen Mönchs Ammonios. Er zeigte mir, wie wenig die Menschen unserer Stadt von den Heiligen Evangelien verstanden. Da entschied ich mich dafür, ihnen das Licht der göttlichen Weisheit zu bringen. Und so kam es, daß ich nicht den Weg der größeren Heiligkeit gegangen bin."

Der letzte Gast war Megetheos, ein ruhiger Mann im reifen Alter. Er trug die Kleider eines Kaufmanns und sagte:

„Unwürdig, wie ich bin, hat Gott mich dennoch
Tag für Tag seine Gegenwart erfahren lassen.
Ich sehe ihn
in der Geschicklichkeit der Hände des
Handwerkers,
in den Pflanzen auf den Feldern
und im traurigen Ruf der Rohrdommel.
Er ist gegenwärtig

in der Kühle des Wassers und in der Hitze
des Feuers,
in der Liebe der Eltern und im Gehorsam
des Kindes.
Dieses, Sein Geschenk,
ist der Grund, warum ich den Weg der größeren
Heiligkeit nicht gegangen bin."

Abt Nikolas führte mit jedem von ihnen ein längeres vertrauliches Gespräch. Dann segnete er sie, sie verabschiedeten sich und setzten ihre Reise fort.

Anschließend an das Nachmittagsgebet fragte Nikolas seinen Schüler: „Johannes, was meinst du, gehen unsere Gäste den Weg der größeren Heiligkeit?"

Unverzüglich antwortete der Zwerg: „Ich denke schon, obwohl es ohne ihr Wissen geschieht. Denn der Weg der größeren Heiligkeit liegt in der Seele und führt nicht durch den Sand der Nitria.

Wenn Sopatros die Wunden der Kranken
verbindet,
so verbindet er die Wunden des Herrn.
Wenn Chomas den Weg der Jüngerschaft geht,
dann geht er den Weg des Herrn.
Wenn Dulas sich für das Recht einsetzt,
wird er selbst gerecht.

Wenn Sarmatas die Heiligen Schriften lehrt,
lebt er in der Nähe des Allheiligen.
Und wenn Megetheos Gott in allem erfährt,
lebt er in Seiner Gegenwart, denn …"

Johannes stockte. Verwirrt sagte er: „Aber das weißt du doch, Meister. Es ist deine Lehre."

Seine Augen lachten, als er zum Abt sagte:
„Warum fragst du mich?
Kann die Heuschrecke der Lerche das Singen beibringen?
Gehen sie denn nicht den Weg der größeren Heiligkeit?"

Nikolas blickte lange über die weite Wüste hin und sprach dann sanft:

„Der Weg der größeren Heiligkeit ist der Weg,
den Er für jedes Seiner Kinder aussucht.
Der eine wird scheren, der andere fegen.
Der eine wird singen, der andere wird in stillem Gebet niederknien.
Möge das Gute immer zum Besseren führen.
Nur unsere Besucher selbst und der Vater im Himmel wissen, ob Sein Ruf, der an jeden von ihnen ergangen ist, richtig aufgenommen worden ist."

Bevor Johannes das abendliche Mahl zubereitete, beteten sie die Psalmen der Tagzeit.

> *Vertrau auf den Herrn und tu das Gute …*
> *Sei still vor dem Herrn und harre auf ihn!*
> (Psalm 37,3.7)

Von der Verwandlung der Trauer

Über den Tod

Uns're Tage zu zählen, lehre uns!
Dann gewinnen wir ein weises Herz.
(Psalm 90,12)

Bei der wöchentlichen Zusammenkunft mit den Brüdern der Nitrischen Wüste hörten Abt Nikolas und Johannes der Zwerg: Sisoes der Gütige von Pispir, der Ratgeber von Fürsten, war gestorben. Er hatte die Welt verachtet und ein Leben der Abtötung aus Liebe geführt, und nun war er von ihnen gegangen. Nikolas sann zurückgezogen und still vor sich hin.

Seine Freundschaft mit Sisoes ging zurück auf ihre gemeinsame Zeit am kaiserlichen Hof in Rom; sie waren beide Söhne hoher Beamter und Vertrauter des Kaisers gewesen. Längst war Nikolas die grausamen Zirkusspiele und Mißhandlungen leid, und er war sicher, daß es dem teuersten Freund seiner Jugend ebenso ging. Er mußte lächeln, wenn er an die vielen Stunden dachte, die er damit verbrachte, Sisoes bei der Lektüre der klassischen Texte und beim Erlernen der Grammatik zu helfen. Sisoes, der Maulesel, pflegte ihr Lehrer Demokrit zu sagen, während er ungeduldig wartete, daß sein Schüler den Lernstoff begriff. Wie recht er hatte, dachte Nikolas, denn auch der Maulesel trägt große Lasten. Und Sisoes der Gütige hatte in seiner engen Zelle in der Wüste von Pispir über fünfzig Jahre lang die ganze Last der Sorgen und Nöte der Menschen von höchster Geburt getragen.

Der Abt erinnerte sich daran, wie sie als junge Männer aufbrachen, um mit verschiedenen Meistern in der Wüste zu leben. Er hatte damals Sisoes umarmt und gesagt: „Wenn die Sonne wieder aufgeht, wenn es Zeit ist für das erste Gebet, werde ich den Allheiligen Gott bitten, dich zu beschützen. Und ich werde dies mein ganzes Leben lang an jedem Morgen tun."

Sisoes hatte sein Umarmung erwidert und gesagt: „Mein Freund, du bist noch so jung, aber du weißt schon alles, was im Buch der Weisheit geschrieben steht, so wisse auch dies: Wenn der Abendstern zu leuchten beginnt, werde ich den Allheiligen Gott bitten, dich zu beschützen. Und ich werde dies mein ganzes Leben lang jeden Abend tun – und im Paradies."

Als der Zwerg und sein Meister von der Zusammenkunft zurückkehrten, fanden sie drei Mönche vor, die am Tor zum Hof warteten. Es waren Schüler von Sisoes dem Gütigen. Sie waren durch die mörderische Trockenheit der Nitrischen Wüste gezogen, um dem Abt, dem Seelenfreund ihres Meisters, ein Geschenk zu überbringen.

Nach der Begrüßung wusch Nikolas ihnen die Füße, während Johannes ein einfaches Mahl aus Käse und Oliven mit frischem Wasser aus dem Brunnen zubereitete. Gemeinsam sprachen sie die Gebete und Psalmen der Tagzeit.

Verbirg dein Antlitz nicht vor mir!
Wenn ich in Not bin, wende dein Ohr mir zu!
Ich bin wie eine Dohle in der Wüste …
Staub muß ich essen wie Brot,
mit Tränen mische ich meinen Trank …
Meine Tage schwinden dahin wie Schatten,
ich verdorre wie Gras.
(Psalm 102,3.7.10.12)

Sie aßen schweigend, erfüllt von Gram und Schmerz. Dann sprachen die drei nacheinander zu Nikolas.

Der Jüngste, Xoios, ein Bursche, den Sisoes aus der Sklaverei losgekauft hatte, sagte: „Vater Abt, ich kann die Abwesenheit meines Meisters nicht verkraften. Wie soll ich meinen Geist erneuern?"

Nikolas umarmte ihn mitfühlend und sagte:
„Nimm ihn wahr in den Dingen, die ihm Freude gemacht haben.
Halte Ausschau nach dem hellsten Stern am Abendhimmel.
Beobachte die Gänse auf ihrem Flug in die Heimat.
Sieh das Lächeln in der Schönheit der Narzisse.
Dies wird deinen Geist erfrischen."

Der nächste war Hierax, ein Bruder in bestem Mannesalter. Er sagte: „Vater Abt, ich kann die Abwesenheit meines Meisters nicht verkraften. Wie soll ich weiter leben?"

Er umfaßte die Knie des heiligen Mannes, Nikolas nahm ruhig seinen Arm und sprach sanftmütig zu ihm:

„Führe in deinem Leben fort,

was er in seinem Leben begonnen hat.

Wo es Schatten gibt im Leben der Freunde,

verbreite Licht.

Wo Traurigkeit herrscht, schenke Freude.

Wo Schmerz ist, bringe Balsam.

So wirst du weiter leben und Sisoes weiter dienen."

Spyridon, der älteste von ihnen, sprach zuletzt. Er warf sich zu Boden und weinte: „Vater Abt, ich kann die Abwesenheit meines Meisters nicht verkraften. Wie kann ich ihn wiederfinden?"

Nikolas kniete neben ihm nieder und legte eine Hand auf sein Haupt.

„Sisoes der Gütige wohnt in einem helleren Licht, als wir es je ertragen können, und er ruht in einer innigeren Liebe, als wir erfassen können. Aber du wirst ihn wiederfinden in der Liebe zu dem, was er selbst geliebt hat. Fahre fort, die Heiligen Schriften zu erforschen, halte die Gebetsstunden Tag und Nacht ein, nimm am Fest des Herrn teil, gib den Bedürftigen Almosen und bete mit den Sterbenden. Diene deinem Herrn und Meister Jesus Christus mit all deiner Kraft, dann dienst du Sisoes."

Mit einer Wegzehrung von Johannes und dem Segen von Nikolas brachen die drei Mönche zu der langen Reise nach ihrem kleinen Kloster in Pispir auf.

Vor dem Nachtgebet forderte Nikolas Johannes auf, das Geschenk zu öffnen. Es war ein kurzer Stab. Am oberen Ende hatte Sisoes winzige griechische Buchstaben eingekerbt. Johannes las sie seinem Meister vor:

UND IM PARADIES

Er blickte auf Nikolas, der zu ihm sagte: „Das bedeutet, mein Sohn, daß Sisoes der Maulesel die Kerze ausgeblasen hat. Seine Nacht ist zu Ende, für ihn kommt nun der Tag, aber er denkt an uns." Er lächelte still, und sie dankten Gott für all das, was er durch Sisoes den Gütigen gewirkt hatte.

Mein Herz ist bereit, o Gott, mein Herz ist bereit,
ich will dir singen und spielen.
Wach auf, meine Seele!
Wacht auf, Harfe und Saitenspiel!
Ich will das Morgenrot wecken.
(Psalm 57,8.9)

Von der Ausschau nach dem Allheiligen

Über die Gottesgelehrten

Laßt ab und erkennt, daß ich Gott bin.
(Psalm 46,11)

Es war die Zeit der heißen Winde, als der Bischof von Alexandrien und seine beiden Kapläne Thomas und Theon durch die Nitrische Wüste reisten. Sie blieben drei Tage lang bei Abt Nikolas und Johannes dem Zwerg, beteten mit ihnen und feierten die Synaxis mit ihnen. Sie hatten mehrere Wochen am Ökumenischen Konzil teilgenommen und waren nun auf der Rückreise. Am letzten Abend berichteten sie nach Beendigung des Mahles ihren Gastgebern von dieser großen Zusammenkunft.

Thomas und Theon waren trotz ihres noch jugendlichen Alters gebildete Männer. Sie hatten Philosophie studiert, waren bewandert in der Schrift und konnten Latein und Griechisch. Aber da der eine Anhänger des apophatischen und der andere des kataphatischen Wegs war, gerieten sie schnell in einen Disput.

Wenn Thomas vom Allerhöchsten sprach, zog er einen scharfen, unüberbrückbaren Graben zwischen dem, was die Menschen über Gott aussagen, und was Gott ist. Er berief sich auf die frühesten Väter des Glaubens. Immer wieder zog er Stellen aus den Evangelien heran. Seine Gedanken ließen erkennen, daß die Mystiker seine Lehrer waren. Thomas schloß mit folgenden Worten: „So können wir den Allerhöchsten und Allheiligen nicht erkennen, denn er ist jenseits allen Denkens."

Auch Theon sprach von Gott. Er begann seine Ausführungen mit einem „contra" und versuchte Thomas zu widerlegen. Theon hob hervor, was in der Schöpfung die Liebe Gottes spiegelt. Er verwies auf die menschlichen Bilder, die ein schwaches Gleichnis des göttlichen Seins darstellten. Auch Theon sprach lange und verwendete viele Zitate. In seiner Logik folgte er Aristoteles. Theon schloß mit den Worten: „So können wir den Allerhöchsten erkennen und uns ihm im Denken nähern."

Ihre Disputation hatte lang gedauert. Der gütige Bischof und der fromme Abt verharrten in andächtigem Schweigen. Im Kopf des treuen Dieners Johannes schwirrten die Gedanken, wie wenn ein wütender ägyptischer Hund hinter seinem eigenen Schwanz herjagt. Schließlich sprach der Bischof laut „Amen". Er trug seinen Kaplänen auf, sich für die Abreise am nächsten Morgen fertig zu machen. Johannes bereitete für sie eine Wegzehrung vor und füllte ihre Wasserbehälter am Brunnen auf. Während er dies tat, sah er, daß der Bischof und Nikolas ein ernstes und vertrauliches Gespräch miteinander führten.

Der Geist Johannes' war noch drei Tage nach der Abreise von Thomas und Theon zutiefst verwirrt. In

weiser Zurückhaltung stellte der Abt ihm keinerlei Fragen und sprach nur wenig. Am vierten Tag schließlich kam der Zwerg zu Nikolas. Er kniete vor ihm nieder und sagte: „Meister, entbinde mich von meinen Gelübden, denn ich möchte meine Zeit dem Studium widmen und Gott auf dem Weg des Wissens erkennen."

Nikolas nahm seinen Arm und schritt mit ihm durch den Sand. „Theon hat recht, mein Sohn. Wir können Gott erkennen. Hat nicht der heilige Johannes die Worte des Herrn zu Philippus festgehalten: ‚Wer mich gesehen hat, hat den Vater gesehen'? Aber auch Thomas hat recht. Wir können Gott nicht erkennen. Heißt es nicht beim Propheten Jesaja: ‚Meine Gedanken sind nicht eure Gedanken … So hoch der Himmel über der Erde ist, so hoch erhaben sind … meine Gedanken über eure Gedanken'? Die Kapläne des Bischofs haben reiches Wissen, aber es fehlt ihnen an Weisheit."

Johannes war unglücklich und verwirrt und sagte: „Herr, kannst du mir das erklären?"

„Du weißt es schon, Johannes.

Warum belehrt der durch die Lüfte sausende Mauersegler seine Jungen nicht über den Sommerwind?

Oder warum spricht der Krokus zu seinen Nachbarn nicht über den Schein der Sonne?

Warum führen die Meeresdrachen keinen Disput über die Tiefen des Ozeans?"

Johannes antwortete spontan: „Weil das Wissen um diese Dinge schon in ihrer eigenen Natur liegt." Und als wäre gesprengt, was seinen Geist gefesselt hatte, lachte er und sagte: „Und so erkennen die Menschen Gott."

Als Nikolas mit seinem Schüler zu ihrer Zelle zurückkehrte, sagte er:

„Halte Ausschau nach dem Allheiligen,
und du findest ihn nicht.

Ohne ein Gegenstand zu sein, gibt Er allen
Gegenständen Bedeutung.

Ohne an einem Ort zu sein,
weist Er allem seinen Ort an.

Ohne in einem Geschöpf zu sein,
erhält Er alle Geschöpfe.

Vor jedem Gedanken an einen Beweis läßt Er jede Schlußfolgerung hinter sich.

Er ist nicht weiter weg von dir als dein Leben.

Du kannst ihn nur fassen durch deine Liebe."

Dann wurden die Augen des Abtes heiter. Lächelnd sagte er: „Und in Mißachtung dieser einfachen Wahrheit wolltest du mich zurücklassen und mich meinen Käse machen und mein Wasser schöpfen lassen? Johannes der Zwerg muß erst noch lernen, daß Weisheit jenseits des Denkens allein in der Liebe gefunden wird. Auf ihrer Rückreise wird der gütige Bischof dies seine Kapläne lehren. Theon wird den Auftrag erhalten, im großen Gefängnis von Alexandrien die Wunden der Kranken zu verbinden. Thomas wird angewiesen werden, im Armenhospital die Toten zu waschen. Diese Werke der Barmherzigkeit sollen ihre Gelehrsamkeit zur Weisheit hinführen. Denn so spricht König Salomo der Weise:

> *… der Herr gibt Weisheit,*
> *aus seinem Mund kommen Erkenntnis und Einsicht.*
> (Sprüche 2,6)

Vom inneren Licht

Über die götzendienerischen Brüder

Sieh her, ich hebe die Hand in Richtung der Völker.
(Jesaja 49,22)

Abt Nikolas und Johannes der Zwerg reisten sechs Tage lang durch die Nitrische Wüste nach Alexandrien, um das dortige große Kloster zu besuchen. In der letzten Nacht fanden sie Unterkunft im Hof einer Herberge. Zusammen mit anderen Fremden, die zu arm waren, für ein Lager aus Stroh zu zahlen, kauerten sie rund um das Feuer im Hof. Nach einiger Zeit bemerkte Johannes, wie sich drei Männer aus dem Kreis entfernten. Vielleicht sind es Räuber, dachte er, griff mit der Hand nach seinem Stab und beobachtete sie genau.

Der erste Mann war nackt bis auf einen Lenden-
schurz. Er ging in eine Ecke des Hofes und zog aus seinem Gepäck eine Tonstatue hervor. Mit großer Sorgfalt
stellte er sie auf einen Holzblock, nahm in jede Hand
eine Ringelblume und begann, langsam und ruhig um
sie herumzutanzen, und murmelte dabei: „Wie ein geliebter Gast das Haus betritt, so begibst du, große Göt-
tin im schwarzen Kleid, dich zur Ruhe … Wache über
die Täler und Höhen mit deinen tausend Augen … Beschütze deine Geschöpfe und gib allen Kindern sichere
Unterkunft in dieser heiligen Nacht …"

Der zweite Mann band ein Medaillon an seiner Stirn
fest, rammte ein Bild in die Erde, wand bunte Bänder
darum, warf sich vor ihm auf den Boden und sang:
„Großer Gott, aus dir steigt die Sonne auf, in dich sinkt
sie zurück, um sich zu erfrischen; beschütze du uns im
Schlaf … Mach die Augen der Schlange blind, verdun-
kle dem Wolf die Sicht und laß den Dieb sich in der eigenen Schlinge fangen … Nimm Wohnung in der Tiefe
meines Herzens wie ein Freund …"

Der dritte Mann zündete eine kleine Kerze an, be-
deckte sein Haupt mit einem weißen Tuch, setzte sich
vor die Flamme und sang leise innige Gesänge: „Du bist
gegenwärtig in deiner ganzen Schöpfung, und dein
Mitgefühl vergißt auch nicht das kleinste deiner Geschöpfe. Gib mir Verständnis, daß ich dich erkenne im
Mondlicht, das über tausend Wasser gleitet, das die Er-
schöpften erfrischt, über die Schlafenden wacht und die
Herzen der Frommen erquickt."

„Unsere Brüder erinnern uns daran, daß es Zeit ist für das Gebet zur Nacht", flüsterte der Abt Johannes zu. Dann zogen sie sich aus dem Kreis zurück und beteten zusammen:

Gott möge sie bergen im Schatten Seiner Flügel,
sie schützen vor dem Schrecken der Nacht
und vor dem Pfeil, der am Tag dahinfliegt.
Er möge ihre Brüder segnen,
den Übeltätern vergeben,
die Bedürftigen aufrichten,
die Sterbenden trösten
und alle Seine Kinder über die Wasser des Trostes
zu Seinem Weideland führen.

Als sie am nächsten Morgen Alexandrien erreichten, sagte Johannes zum Abt:

„Meister, warum hast du die Heiden, die Götter anbeten, unsere Brüder genannt? Sind sie nicht in der Gottlosigkeit ihres Götzendienstes Söhne Beliars, während wir Söhne des Lichts sind?"

Es dauerte eine Weile, dann antwortete Nikolas seinem geliebten Schüler:

„Johannes, ist nicht die Henne Mutter für all ihre Küken?
Ist nicht jede Blüte der Hyazinthe von gleicher Schönheit?

Der Schnee, der auf die Zedern des Libanon fällt, erfrischt er nicht jeden Baum mit der gleichen Kühle?

So ist Gott ein liebender Vater für alle Seine Kinder.

So sind wir Seine Kinder und deshalb untereinander Brüder und Schwestern."

Immer noch verwirrt, fragte der Zwerg: „Aber Meister, ist nicht der Sohn der Herr aller Wahrheit? Und hat Er nicht diese Wahrheit uns anvertraut?"

Der Abt antwortete:

„Mein Sohn, in deinen Worten liegt Wahrheit, aber du verstehst sie nicht richtig.

Als erstes beherzige:

Kinder tragen wie ein Same alles in sich, was sie werden können.

Eltern sehen dieses nur zu einem Teil, und sie können nicht wissen, welche guten Eigenschaften sie im Laufe ihres Lebens entfalten werden.

So ist die Wahrheit, die unbegrenzt ist, in der Tat uns gegeben.

Aber wir sind begrenzt und verstehen nur einen kleinen Teil von ihr.

Durch die Gnade Gottes wird sie in ihrer ganzen Fülle sichtbar werden, wenn dieser Leib, der Staub ist, den Leib anzieht, der himmlisch ist.

Als zweites beherzige:

Das Licht ist eines, es ist nicht geschieden in sich selbst.

An welchem Ort, zu welcher Zeit, von welchen Menschen es auch gesehen wird, es ist immer dasselbe Licht.

Der Herr Jesus Christus ist das Wort, an dem das ganze Menschengeschlecht Anteil hat. Dieses Wort ertönt in vielen Sprachen, und im Laufe der Zeiten macht es viele Geschichten zu Seinem Gewand."

So erfuhr Johannes der Zwerg von der Liebe des Vaters für Männer und Frauen, die, ihrem inneren Licht folgend, unwissend den Weg gehen, der ihnen zu ihrer Zeit eröffnet ist. Er erfuhr, daß Heraklit von Ephesos und Philo der Jude, die Wahrheitssucher Indiens und die Weisen Chinas ihm nahe waren und daß der All-heilige sie alle liebt.

Der Meister und sein Schüler gingen ein Stück weit abseits der Hauptstraße und sprachen ihre Morgen-psalmen.

Lobet den Herrn! ... Lobt ihn in den Höhen!
Ihr Könige der Erde und alle Völker,
ihr Fürsten und alle Richter auf Erden,
loben sollen sie den Namen des Herrn;
denn sein Name allein ist erhaben...
(Psalm 148,1.11.13)

Von der schulammitischen Versuchung

Über die Wüste

Am Tag meiner Not suche ich den Herrn;
unablässig erhebe ich nachts meine Hände,
meine Seele läßt sich nicht trösten.
(Psalm 77,3)

Als Abt Nikolas und Johannes der Zwerg die von Zypressen gesäumte Straße zum Tor des großen Klosters von Alexandrien entlangschritten, schloß sich ihnen ein sehr erregter junger Mann an. Als er erfuhr, daß sie Mönche seien, zog er sie beiseite. Er wollte ihnen von seinem Vorhaben erzählen, in der Wüste von Judäa ein kontemplatives Leben zu führen.

Pambo der Lange war der Sohn eines reichen Weinhändlers. Er hatte einen Eremiten kennengelernt, der ihn überredete, sein Erbe auszuschlagen, das feine Leinengewand gegen einen groben Kittel zu tauschen und in einer Zelle in der Wüste den Weg der größeren Heiligkeit einzuschlagen.

Pambo begann zu erzählen: „In der Dürre außerhalb meiner Hütte wurde ich vom Wind gescheuert, von der Sonne verbrannt und vom Sand geplagt. In der Trockenheit der Seele wurde ich getrieben von Zweifeln, bedrängt vom Wahn und gequält von Versuchungen. In Trugbildern bedrängten mich bizarre Frösche, gräßliche Vögel, scheußliche Kreaturen und ekelhafte Würmer.

Und dann kam, auf einem scharlachroten Tier mit sieben Köpfen und zehn Hörnern sitzend, die Große Hure, Babylon, um mich zu holen.

Sie war schön wie Schulammit,

ihre Augen waren wie die Teiche zu Heschbon,

die Locken ihrer Haare wie ein königlicher
Wandteppich,

ihr Hals wie ein Turm aus Elfenbein.

Ihre Brüste waren wie die Zwillinge einer Gazelle,
die in den Lilien weiden.

Ihr Nabel war wie ein Kelchglas, gefüllt mit
kostbarstem Wein.

Nachts kam sie zu mir, nachts ließ mich dieser wesenlose Dämon den Samen verspritzen, so daß ich nicht an der Eucharistie teilnehmen konnte. Meine Brüder drängten mich, zu fasten. Ich trank am Tag nur noch eine kleine Schale Wasser, um den Drang des Wasserlassens in der Nacht zu vermindern. Aber der nächtliche Schrecken ließ nicht nach. Angetrieben zu härterem Fasten, trank ich kaum noch eine halbe Schale Wasser am Tag. Als ich immer schwächer wurde, legte sie ihre Schleier ab. Ihr Fleisch leuchtete noch weißer, ihr Atem schien mir honigsüß, ihr Schoß duftete immer berauschender. In tiefster Angst, um meine Natur zu überwinden, trank ich drei Tage überhaupt nichts mehr. Ich war mehr tot als lebendig, als mein Vater mich fand und nach Hause brachte."

Selbst in der milden Morgensonne traten ihm Schweißperlen auf die Stirn, die von der Angst kündeten, die immer noch in ihm steckte und sein Leben beschwerte. Nikolas trug Johannes auf, zum Kloster vorauszugehen, dem Klostervorsteher ihr Kommen anzukündigen und um ein wenig Speise und Trank zu bitten. Dann führte er Pambo freundlich zu einem ruhigen Platz in einem Magnolienhain. Sie sprachen in großem Ernst miteinander. Nach einer gewissen Zeit kam Johannes mit Speisen zurück, aber sie nahmen es kaum wahr, so sehr waren sie in das Gespräch vertieft. Johannes ließ sich etwas abseits nieder und betete die Psalmen der Tagzeit für alle drei.

Warum muß ich trauernd umhergehen,
von meinem Feind bedrängt?
Wie ein Stechen in meinen Gliedern
ist für mich der Hohn der Bedränger...
Meine Seele, warum bist du betrübt?...
Harre auf Gott!
(Psalm 42,10–12)

Als es schon Abend wurde, kniete Pambo vor Nikolas nieder, er empfing seinen Segen und kehrte zurück in das Haus seines Vaters. Sein Geist war völlig gesundet.

Der Abt war so erschöpft, daß er an Johannes' Schulter Ruhe zu finden hoffte, und er sprach zu seinem Schüler: „Sage mir, mein Sohn:

Soll die Lilie traurig sein, daß sie keine Rose,

oder der Fuchs, daß er kein Löwe ist?"

Johannes schüttelte den Kopf. Und mit einem leichten Lächeln fügte er für sich hinzu: „Oder Johannes, daß er nicht der heiligste Abt aller Wüsten ist?"

Nikolas fuhr fort: „So braucht auch Pambo nicht zu bedauern, daß er kein Eremit geworden ist. Und sage mir auch:

Ist nicht die Wüste

Freude sowohl wie Leid,

ein Garten ebenso wie Ödnis,

eine Wiege ebenso wie ein Grab?"

Johannes nickte. „Wer in seinem Herzen nicht beide Seiten dieser Wahrheit fühlt, führt kein Leben in der Wüste", sagte Nikolas, und er fügte bedächtig hinzu: „Seine Brüder haben ihn nicht verstanden. Sie waren hartherzig, als es nötig gewesen wäre, gut zu ihm zu sein. In ihrer Unwissenheit waren sie es, die dem Dämon Macht gaben. Die wahrhaft weisen Väter der Kirche sehen im Samenerguß während des Schlafes keine Sünde, sondern einen natürlichen Vorgang."

Eine Weile schritten sie schweigend nebeneinander her, jeder in Gedanken.

„Sage mir weiterhin, mein Sohn: Wo ist die Wüste?"

Johannes antwortete: „Ist sie nicht in der Seele, Meister?

Der Mönch ist in der Wüste,

ob er an der Küste des Meeres wandert

oder durch die Straßen der Stadt geht;

ob er auf dem Gipfel eines Berges steht

oder mit seinen Freunden beim Festmahl

sitzt.

Hat Pambo nicht die Felsen und den Sand mit der Wüste verwechselt?"

„Wahrhaftig hat er das", sagte der Abt, und fuhr fort: „Warum gehen Menschen in die Wüste?"

„Um in der Gegenwart Gottes zu leben,
Ehrwürdiger Vater,
und so in der Welt gegenwärtig zu sein.
In der Einsamkeit ist der Mensch verbunden
mit allen,
ist er in allen und für alle da."

Als sie an die Klosterpforte klopften, sagte Johannes im Spaß: „Vater Abt, es gibt wohl viele Menschen in dieser Stadt, die dankbar dafür sein werden, daß du Pambo den Langen für den Weinverkauf zurückgewonnen hast." Der Abt stimmte in das Lachen seines Schülers ein und bemerkte dazu: „Besser ein guter Weinhändler als ein schlechter Mönch."

Vom Füllen der inneren Leere

Über die Einsamkeit

Wie liebenswert ist deine Wohnung,
Herr der Heerscharen!...
Auch der Sperling findet ein Haus
und die Schwalbe ein Nest für ihre Jungen –
deine Altäre, Herr der Heerscharen.
(Psalm 84,2.4)

Während ihres Aufenthalts im großen Kloster von Alexandrien wurden Abt Nikolas und Johannes der Zwerg von Simon dem Diakon, dem jüngsten der Brüder, bedient. „Er dient euch, damit ihr ihm und mir dient", sagte der weise Klostervorsteher Bessarion.

Er saß mit seinen Freunden in der kleinen Bibliothek des Klosters und nahm dankbar die Grüße entgegen, die sie von den vielen Brüdern in der Nitria überbrachten. Er sprach dann zu ihnen von seiner Bürde, von den Verfolgungen in Alexandrien und von den Mönchen, für deren Seelenheil er Verantwortung trug. Als er von Simon sprach, stockte er ein wenig: „Er wurde, als er noch ein Junge war, von seinem Sklaven und ergebenen Hauslehrer, dem alten Hyllas von Athen, zu uns gebracht. Die beiden hatten als einzige die Plünderung des elterlichen Hauses des Jungen überlebt, als Räuber aus der westlichen Wüste die Lände-

reien verwüsteten und alles anzündeten. Der am Ma-
reotis-See gelegene Landsitz seiner Familie wurde nie-
dergebrannt, und seine ganze Verwandtschaft wurde er-
mordet. Wie der Allheilige zuließ, daß Ijob versucht
wurde, so hat er Simon den Diakon durch sein Feuer
geprüft."

Bessarion erzählte, sehr überlegt sprechend, was nur
Hyllas wußte. Simon litt an einer ererbten Blutkrank-
heit, an der er noch vor seinem zwanzigsten Lebensjahr
sterben würde. Bessarion hielt inne und sagte dann: „Er
selbst nimmt nicht wahr, daß die letzte Dunkelheit
schon nach ihm greift, Hyllas aber weiß, wie die Krankheit verlaufen wird. Wie ein Vater seinen Sohn zärtlich
liebt und von diesem wieder geliebt wird, so sind auch
ihrer beider Gefühle füreinander und der Dienst, den
sie einander leisten. Aber es gibt noch einen Schatten,
der nach Bruder Simon greift. Er behält die Sache für
sich und ist nicht imstande, sie in Gedanken oder
Worte zu fassen. Zart von Gemüt und tapfer im Herzen, verbirgt er es vor allen. Nur Hyllas und ich haben
es bemerkt. Dieser Schatten bewirkt eine tiefe Traurigkeit. Der Grund dafür bleibt auch uns verborgen. Es
war der Vorschlag von Hyllas, Simon mit dem Dienst
für dich zu beauftragen. Wir erhoffen Hilfe von deiner
Weisheit."

Simon der Diakon war fromm, lernbegierig und aufgeweckt. Gewissenhaft war er Johannes und Nikolas zu Diensten. Beide spürten seine Güte und seine Traurigkeit. Nach einigen Tagen bat Nikolas um ein Gespräch mit Hyllas. Zwei Stunden lang sprachen sie lebhaft miteinander. Dann bat er Bessarion und Johannes, in die Bibliothek zu kommen, und beauftragte Hyllas, den Burschen ebenfalls zu ihm zu bringen. Als er ankam, kniete er vor allen nieder. Abt Nikolas hieß ihn, sein demütiges Haupt zu erheben und die Augen auf ihn zu richten.

„Mein Sohn", sagte er, „der Stachel, der dich quält, können andere ihn herausziehen?"

„Mein Herr, ich muß den Kampf allein kämpfen, denn mein Gegner ist unbekannt." Aber das Leuchten seiner blauen Augen war wie ein Ruf um Hilfe.

Es folgte ein langes Schweigen, bis Nikolas schließlich schnell, dann heftig zu sprechen begann: „Nun gut, du mußt allein ringen, wie Jakob auch. Sprechen wir jetzt von heiligen Dingen. Du weißt, es gibt Brüder, die, wie hier in Alexandrien, in großen Gemeinschaften leben, und es gibt andere, die der Herr zu einem Leben in Einsamkeit beruft. Welche Lebensform ist besser?"

„Mein Herr, ist die Narzisse lieblicher als der Krokus?"

„Kennst du das Leben in der Einsamkeit?" fragte Nikolas.

„Nein, mein Herr. Ich kam als kleiner Junge in dieses Kloster."

„Das macht nichts, versuche meine Fragen zu beantworten. Was ist falsche Einsamkeit?"

„Wie ein Dieb sich dem Richter zu entziehen sucht, so fliehen die Menschen vor dem Allheiligen in ihrem Herzen. Falsche Einsamkeit ist die Zufluchtsstätte innerer Blindheit, in der sie ihr Selbst zum Götzen machen."

„Wie kann man falsche Einsamkeit beschreiben, mein Sohn?"

„Ehrwürdiger Vater, sie ist ein Spiegellabyrinth, in der das Selbst sich im Selbst spiegelt. Was kein Wesen hat, verhöhnt das Wesenlose."

Der Abt blickte den jungen Mann eindringlich an. Er antwortete ohne Arglist und ohne auf Wirkung bedacht, sondern sprach direkt aus seiner Seele.

„Was ist nun wahre Einsamkeit?" fragte Nikolas.

„Mein Herr, wie der Jabbok zum Jordan drängt, sucht die wahre Seele den Allheiligen im Herzen. Einsamkeit ist das grüne Tal, in dem der Vater Seine Kinder weiß und sie Ihn."

„Die letzte Frage. Wovon trennt die Einsamkeit?"

„Von nichts, mein Herr. Sie schließt das Tor vor niemandem. Je mehr es die Seele in die Wüste zieht, um so mehr will sie mit den anderen sein. Der einsam Lebende fühlt Liebe zu allen und allem."

„So wie du alle liebst", sagte Nikolas ganz ruhig, begann dabei aber zu lächeln.

Dann zog er Simon zu sich empor. Er lächelte verhalten und umarmte ihn. Er spürte, daß der junge Mann jetzt vor Freude weinte, denn seine große Traurigkeit war verflogen. „Nun mag der junge Adler auf den Gipfel des Berges fliegen", sagte Nikolas zu Hyllas.

Auf diese Weise entdeckte Simon der Diakon seine Berufung zur Einsamkeit. Er verließ das große Kloster von Alexandrien und zog sich zurück in eine Zelle in der sketischen Wüste. Nur sein treuer Diener, Lehrer und Freund Hyllas von Athen begleitete ihn.

Als sie fortgingen, beobachtete Nikolas, wieviel Fürsorge Hyllas für Simon zeigte. Er wandte sich um zu Johannes und Bessarion und sagte traurig: „Nun hat die Schwalbe ein Haus gefunden für ihr Junges, Seinen Altar." Dann beteten die drei Mönche gemeinsam ihre Psalmen.

> *Meine Seele dürstet nach Gott,*
> *nach dem lebendigen Gott.*
> *Wann darf ich kommen*
> *und Gottes Antlitz schauen?*
> (Psalm 42,3)

Vom Küssen der Hure

Über die Reinheit

Johannes der Zwerg und Abt Nikolas beteten mit den Brüdern die Psalmen des Vormittags.

> *Warum, o Herr, verwirfst du mich,*
> *warum verbirgst du dein Gesicht vor mir?*
> *Gebeugt bin ich und todkrank von früher Jugend an,*
> *deine Schrecken lasten auf mir, und ich bin zerquält.*
> (Psalm 88,15–16)

Der Pförtner wartete, bis der Gottesdienst zu Ende war. Dann bat er Abt Nikolas zum Tor zu kommen, wo ein Freudenmädchen aus der Stadt auf ihn wartete. Der Vorfall ereignete sich im zweiten Monat ihres Aufenthalts im Kloster von Alexandrien, wo sie Gäste des Klostervorstehers Bessarion waren. Das Mädchen bat Nikolas, mit ihr in das Freudenhaus zu kommen, wo ihre Herrin im Sterben lag. Er nahm Johannes mit und ging an den berüchtigten Ort. Es war eine prächtige Villa mit weißen Marmorsäulen am Eingang, gelegen in einem herrlichen Park mit großen, Schatten spendenden Bäumen.

Zwei Eunuchen zogen langsam die Samtvorhänge zur Seite. Auf einem Sofa lag Egregia, die nun eine alte Frau war, gebettet auf seidenen Kissen mit goldenen Quasten. Großartige Tapisserien, kunstvoll aus feinstem Faden gewebt, bedeckten die hohen Wände. Eine Brise trug durch das offene Fenster den schweren Duft von Hyazinthen und blühendem Flieder in den Raum. Die Pfaue im Garten sangen ein schrilles Wehklagen. Egregia, die in den Jahren ihrer Jugend das Entzücken der reichsten Kaufleute von Alexandrien war, lag im Sterben.

Ihre Augen, die früher Turteltauben glichen, die im Apfelbaum huschen, lagen nun blind in fahlen Sickergruben. Sie, die einen Duft verbreitete wie ein sorgfältig gehegter Frühlingsgarten, mit einem Atem wie Honig und süßestem Gewürz, war zu Dung geworden. Ihr Liebreiz, der wie die Sonne in der Dämmerung war und wie der Tau die Morgenrose benetzte, war verflogen, ihre Haut war spröde geworden und mit Aussatz bedeckt.

Nikolas umarmte und küßte sie und befahl allen hinauszugehen, außer Johannes, dem er auftrug, die Tür zu bewachen. Der Zwerg beobachtete, wie sein geliebter Herr, der fast so gebrechlich war wie sie, die er tröstete, Egregia die Beichte abnahm. Sie flüsterte ihm in sein Ohr, während er neben ihrem Sofa auf dem Boden kniete. Als ein geistlicher Freier suchte er die Liebe, von der er wußte, daß Gott sie ihr geschenkt und in ihrer Seele geborgen hatte. Johannes merkte, daß Nikolas bestürzt war über das, was er hörte. Überrascht und mit Zweifeln in der Stimme sprach er zu ihr. Dann nickte Nikolas bedächtig und sprach Egregia los von allen Sünden, deren sie sich erinnerte und deren sie sich nicht erinnerte. An ihrer Seite kniend sprach er die Psalmen und die Gebete für die Sterbestunde.

> *Du strafst und züchtigst den Mann wegen seiner*
> *Schuld,*
> *du zerstörst seine Anmut wie Motten das Kleid …*
> *Du hast mich hochgerissen und zu Boden*
> *geschleudert.*
> *So weit der Aufgang entfernt ist vom Untergang,*
> *so weit entfernt er die Schuld von uns.*
> *Denn so hoch der Himmel über der Erde ist,*
> *so hoch ist seine Huld über denen, die ihn fürchten.*
> (Psalm 39,12; 102,11; 103,12.11)

Er blieb bis zum späten Abend, bis ihr Atem erlosch. Die schrillen Schreie der Pfaue verstummten, und Frauen kamen, ihren Körper zu waschen. Nikolas sprach zu ihnen. „Legt beiseite, was für ihr Begräbnis vorbereitet worden ist, den bestickten Umhang und den pelzbesetzten Gürtel. Setzt ihr nicht den rubinroten Stirnreif auf, und schmückt ihre Arme nicht mit den goldenen Spangen. Legt ihr nur das Linnen an, das für Jungfrauen vorgesehen ist. Bringt sie zur sechsten Stunde in das Kloster, und legt weiße Lilien, süß duftenden Jasmin und einen Myrtenzweig auf ihren Sarg."

Als sie in der Dunkelheit zum Kloster zurückgingen, spürte der gütige Abt die Verwirrung und Besorgnis seines Schülers Johannes. „Drei Dinge beunruhigen mich, Ehrwürdiger Vater. Der Kuß, mit dem du Egregia, die Liebesdienerin, begrüßt hast; ihr Begräbnis als Jungfrau; ihre Ehrung mit den Zeichen der Reinheit und der Liebe."

Der Abt lächelte. „Willst du mir einen Vorwurf machen, Johannes, daß ich meine Freundin zur Begrüßung umarmt habe? Es ist nun schon lange her, aber wir spielten als Kinder gemeinsam am kaiserlichen Hof in Rom. Wenn mein Fuß blutete, verband sie ihn, wenn mein Kopf schmerzte, liebkoste sie ihn, und wenn das Leben traurig war, erfüllte sie es mit Freude.

So liebreizend waren ihre Jugendlichkeit, so graziös ihre Bewegungen, so verzaubernd ihre Schönheit, so zart ihr Körper, so angenehm ihre Gemütsart, daß plündernde Goten sie raubten und ein Lösegeld für sie verlangten, das nicht aufgebracht werden konnte. Meine Freundin wurde dann für sechzig Silberstücke an den Tempel der Astarte in Alexandrien verkauft, und seither wurde ihr Leben beherrscht von der Gier der Männer und ihren Gelüsten. Wie die namenlose Nebenfrau aus Betlehem im 19. Kapitel des Buches der Richter mußte auch der Körper Egregias gegen ihren Willen vielen zu Willen sein.

Was Egregia gebeichtet hat, ist nur für Gott bestimmt. Aber außerhalb der Beichte sagte sie, sei sie, obwohl ihr Körper auf eine Weise geschändet wurde, die auszusprechen uns verboten ist, im Geiste eine reine Jungfrau geblieben. Bei jeder Befleckung habe sie, all die Jahre lang, für ihre Schänder gebetet. So soll sie das Weiß der wahren Jungfrau tragen, denn in ihrem Herzen ist sie immer jungfräulich gewesen.

Am Ende bat sie Gott, denen zu vergeben, die sie geraubt und zu einer Lebensweise der ständigen Schändung gezwungen hatten. Es hat also seine Richtigkeit, daß Zeichen reiner Liebe den Leib Egregias zieren."

Als sie zum Kloster zurückkamen, zeigten sich die ersten Lichtstrahlen am Himmel. Nikolas beendete das Gespräch mit den Worten: „Sie wußte, daß der Vater immer bei ihr war und sie nie verlassen hat."

Während sie darauf warteten, daß ihnen der verschlafene Pförtner das Tor öffnete, beteten Johannes und der Abt den ersten Psalm des neuen Tages.

> *Steige ich hinauf in den Himmel, so bist du dort;*
> *bette ich mich in der Unterwelt, bist du zugegen ...*
> *Würde ich sagen: „Finsternis soll mich bedecken,*
> *statt Licht soll Nacht mich umgeben",*
> *auch die Finsternis wäre für dich nicht finster,*
> *die Nacht würde leuchten wie der Tag,*
> *die Finsternis wäre wie Licht.*
> (Psalm 139, 8.11.12)

Vom Bettler und von der Philosophie

Über die Weisheit

Die Toren sagen in ihrem Herzen:
„Es gibt keinen Gott."…
Gott blickt vom Himmel herab auf die Menschen,
ob noch ein Verständiger da ist,
der Gott sucht.
Alle sind sie abtrünnig und verdorben …
… hinter den Lippen haben sie Gift wie die Nattern.
(Psalm 53,2–4; 140,4)

Nachdem sie die Morgenpsalmen gebetet hatten, bereiteten Nikolas und Johannes sich darauf vor, die berühmte Akademie der Rhetorik in Alexandrien zu besuchen. Die dortigen Gelehrten hatten den Abt eingeladen, mit ihnen einen Disput zu führen. Auf dem

Weg zum Ort des Treffens blieben Nikolas und Johannes stehen, um mit einem Bettler zu sprechen. Sein verkrüppelter und mißgestalteter Körper hatte das Mitgefühl von beiden geweckt.

„Wir haben keine Almosen, die wir dir geben könnten, denn wir sind ebenso arm wie du." „Schenkt ihr mir Zeit?" bat er sie. So setzten sie sich zu Paul dem Bettler in den Staub der Straße, die zum Fischmarkt führt.

„Sprich mir, mein Freund, von den Dingen, für die du in deinem Leben dankbar bist", sagte Nikolas.

„Nun, Vater, es sind die Dinge, die alle Menschen erfreuen.

Von den Blumen liebe ich am meisten die Rose und die Anemone.

Die Rose, weil ihre Dornen mich daran erinnern, daß ich gefallen bin, und ihre Schönheit, daß ich das Paradies wiedergewinnen kann.

Die Anemone, weil sie am traurigsten aller Tage am Kreuzesstamm gesprossen ist und von Seinem Blut benetzt wurde.

Von den Bäumen liebe ich am meisten die Stechpalme und den Myrtenbaum.

Die Stechpalme, weil mit ihren Zweigen der Herr gemartert und so unsere Erlösung bewirkt wurde.

Den Myrtenbaum, weil Sacharja sagt, daß von seinem Gehölz aus der Herr aufbrach, die Völker zu gewinnen.

Von den Tieren liebe ich am meisten den Hirsch und den Pelikan.

Den Hirsch, weil er lechzt nach frischem Wasser wie wir nach der Liebe Gottes.

Den Pelikan, weil er aus Liebe zu seinen Jungen seine Brust aufreißt, um sie mit seinem Blut zu nähren. Und so nährt Christus die, die ihn lieben.

Von den Menschen liebe ich am meisten meine Eltern, meine Freunde und meine Feinde.

Meine Eltern, weil Maria, die Jungfrau und Magd, ihre heiligen Eltern Joachim und Anna geliebt hat.

Meine Freunde, weil der Herr seine Jünger liebt bis ans Ende.

Meine Feinde, weil mein Herr und Meister Jesus Christus es befiehlt."

Dann baten sie einander gegenseitig um ihren Segen. Und Johannes der Zwerg mußte in der Stille seines Geistes zuerst lachen und dann weinen, als er sah, wie zwei alte und gebrechliche Männer, die im Staub und Schmutz der Hauptstraße saßen, einander segneten. Die Welt in ihrer Geschäftigkeit strömte vorbei und sah nichts davon.

Johannes der Zwerg saß hinter den Bänken der Studenten am Boden, als sein Meister auf die Lehrer in der Mitte des Raumes zuging. Während alles für die Disputation vorbereitet wurde, betete er seine Psalmen.

Schon spannen die Frevler den Bogen,
sie legen den Pfeil auf die Sehne,
um aus dem Dunkel zu treffen die Menschen
mit redlichem Herzen.
(Psalm 11,2)

Es schien als würde die zerbrechliche Gestalt des Nikolas von den Worten erdrückt, da jeder Gelehrte sich erhob, um seine Zweifel an Gott darzulegen. Aber Nikolas antwortete jedem mit klaren Worten, die zugleich von dichterischer Kraft waren. Er nahm ihre Zweifel ernst, versuchte aber auch, sie auf die Widersprüche in ihrer Argumentation hinzuweisen oder daß schon ihren Begriffen bestimmte Vorentscheidungen zugrunde lagen. Er brachte die gelehrten Herren zum Lachen, indem er von den Torheiten der jüngsten und den Verschrobenheiten der ältesten Mönche in den Zellen der Nitria erzählte.

Sie hörten ihm aufmerksam zu, als er von der höchsten Wahrheit sprach, die im Evangelium des heiligen Johannes Wort Gottes genannt wird. Nikolas sprach von der Gegenwart dieses Wortes in Abraham und Mose und daß es Wohnung genommen hat im Denken der griechischen Philosophen und in der Weisheit der östlichen Denker.

Die Gelehrten verstanden nicht, wie er ein Leben der Liebe dem Leben der Vernunft überordnen konnte. Sie schüttelten abwehrend ihr Haupt, als er von der Auferstehung und Himmelfahrt seines Herrn sprach.

Als der Disput seinem Ende zuging, sagte Xanthias, der Rangälteste der Akademie und der weiseste Lehrer von Alexandrien, zu Nikolas:

„Zwischen dem, was wir menschliche Vernunft nennen und was du, Vater Abt, göttliche Weisheit nennst,

zwischen dem, was wir menschliche Tugend und was du die Güte Gottes nennst,

besteht ein Abgrund, den wir nicht zu überbrücken vermögen.

Jenseits dessen, was wir gesprochen haben,

jenseits des Wissens, das uns die Sinne vermitteln,

besteht ein Dunkel, das für immer ein Geheimnis bleiben wird."

Nikolas sagte ruhig, fast als würde er zu sich selbst sprechen: „Was du sagst, teurer Xanthias, ist wahr. Unsere Gedanken und Seine Gedanken liegen weit auseinander. Wir können Gott nur unvollkommen erfassen. Er aber kann sich zu uns herablassen, mit uns sprechen und an uns handeln, wenn es Sein Wille ist. Er kann dazu sogar Mensch werden. Da war einmal ein Zimmermann aus Nazaret, sein Name war Joschua ben Josef …

Auf dem Rückweg sagte Abt Nikolas zu Johannes: „Ist nicht Paul der Bettler glücklicher als all diese weisen Männer? Der Weg des Zweifels, auf dem scharf-

kantige Gesteinsbrocken liegen, führt in vielen Win-
dungen durch die Sandstürme der Wüste. Die diesen
Weg gehen, wandern im Schatten. Schließen wir die in
unser Gebet ein, die Gott gerufen hat, ihn zu beschrei-
ten."

> *Auf dem Weg deiner Gebote gehn meine Schritte,*
> *meine Füße wanken nicht auf deinen Pfaden.*
> (Psalm 17,5)

Von der Ohnmacht des Denkens

Über die Vernunft

Wo warst du, als ich die Erde gegründet? …
Wo ist der Weg zur Wohnstatt des Lichts?
Die Finsternis, wo hat sie ihren Ort,
daß du sie einführst in ihren Bereich,
die Pfade zu ihrem Haus sie führst?
(Ijob 38,4.19–20)

Johannes dem Zwerg gingen die Worte der Morgen-
lesung aus dem Buch Ijob durch den Kopf. Es war
Nachmittag, und er saß unter dem bewölkten Himmel
auf einem niedrigen Schemel im Garten von Xanthias
dem Stoiker. Beeindruckt von Nikolas' Ausführungen
in der Akademie der Rhetorik, hatte der Philosoph den
Abt in sein Haus eingeladen, um allein mit ihm zu sprechen. Xanthias war vom Alter gezeichnet, hager und
stark gebeugt. Er hatte keine Haare mehr auf seinem
Haupt, und seine Haut war so faltig, daß sie wie ein
übergeworfener Mantel wirkte. Aber hinter der schlichten äußeren Erscheinung verbarg sich der großartige
Geist des hervorragendsten Denkers der Stadt. Xanthias
lebte mit seinen beiden innig geliebten Enkelkindern,
den Zwillingen Synkletika und Rufinus, in einer vornehmen, aus Ziegel und Stein erbauten Villa mit zahl-
reichen Sklaven, die ihm dienten.

Der Zwerg hörte aufmerksam zu, als Nikolas seinen Gastgeber Xanthias einlud, seine Argumente vorzutragen. Es entwickelte sich ein offenes Gespräch zwischen beiden, ohne jede Streitlust, sondern geprägt vom Geist ernsthafter Suche.

Der Abt bedachte jedes Argument seines Gastgebers, griff es auf und entfaltete den Gedanken weiter. Nikolas stellte Xanthias' Überlegungen in einen größeren Zusammenhang und kleidete sie in eine vollkommenere Form. Johannes dachte:

Er gießt das Wasser aus der hohlen Hand in einen silbernen Pokal.

Er fügt der Schale mit Äpfeln und Granatäpfeln Birnen hinzu.

Er legt das Ei eines Pfaus in das Nest des Storchs.

Johannes fiel auch auf, mit welch gesammelter Aufmerksamkeit Synkletika und Rufinus den Worten Nikolas' folgten. Der Abt stimmte dem Philosophen zu, daß die menschliche Vernunft ein großartiges Werkzeug sei. Aber im weiteren Verlauf des Gesprächs zeigte Nikolas auf, daß die menschliche Vernunft auch ein Geheimnis sei.

„Das Ohr hört die lieblichsten Klänge der Lyra, aber es kann den Vorgang des Hörens nicht erklären. So kann die Vernunft, die alle Dinge zu erklären versucht, sich nicht sich selbst erklären."

Der Abt hatte auch dem Philosophen zugestimmt, daß die ionische Naturphilosophie und die ptolemäische Astronomie reiche Früchte des Wissens und schöne Zeugnisse der menschlichen Vernunft bieten. Aber darüber hinausgehend zeigte Nikolas auch, daß sie sich nicht selbst begründen, sondern auf unbekannten Voraussetzungen aufbauen.

„Trägt ein Krug sich selbst zum Brunnen?
Schleudert der Speer sich selbst?
Kann ein schreiendes Kind sich selbst in den
Schlaf wiegen?
Ebensowenig ruht Wissen auf sich selbst.
Überzeugungen und Werte, Logik und Meinungen
weisen immer über sich selbst hinaus und gründen
im Geheimnis."

Xanthias hörte gedankenvoll zu, während Nikolas ausführte, warum die Vernunft nie den Einen Allheiligen beweisen könne. Nikolas beschloß seine Gedanken, indem er sagte:

„Der Ton formt nicht einen Töpfer,
und der Flug des Falken nicht den Sommerwind.
Die Blätter des Jasmin weisen nicht der Sonne
ihren Platz an,
und ein Karpfen wühlt nicht die Tiefen des Meeres
auf.
Ebensowenig erfaßt das Netz des Verstandes Ihn.
Denn Er ist es, der das Netz macht.
Von Ihm kommt das Licht, das unterscheiden läßt,
was die Vernunft erfaßt.
Er ist vor allen Dingen und jenseits aller Dinge,
und doch tragen sie das Zeichen an sich, daß Er sie
gemacht hat."

Als hätte er ein Gebet zu Ende gesprochen, blickte er auf und stellte fest, wie gespannt ihn alle ansahen. Nur Johannes sah den Anflug eines Lächelns um seine Lippen. Seine Augen blitzten, als er zu Xanthias sagte: „Für den Großen und Allmächtigen bedeutet die Vernunft soviel, wie wenn ein Tropfen deines besten Weines auf Seinen Bart fällt."

Xanthias mußte lachen, legte zur Beendigung des Gesprächs seine Hand auf Nikolas' Arm und trug dem Diener auf, noch Wein zu bringen. Da hob Synkletika die Hand und meldete sich zu Wort. Xanthias blickte zu Nikolas, der nickte. Wie reizend sie spricht, dachte Johannes, als er beobachtete, wie sie sich mit ihrer graziösen Figur erhob. Der Nachmittagswind hatte in ihren tiefschwarzen Haaren gespielt, in die sie rote Mohnblumen und Lorbeerblätter gesteckt hatte. Sie strich das Haar aus dem blassen Gesicht, richtete ihre dunklen Augen auf den Abt und trug, lebhaft und doch bescheiden, Punkt für Punkt ihre Gedanken vor.

„Ehrwürdiger Vater, euer Argument versagt immer an einer Stelle.

Wo das Wissen an sein Ende kommt, steht Gott.

An der Grenze des Wissens taucht Sein Schatten auf.

Ist nicht der Name eures Gottes Unwissenheit?"

Nikolas achtete nicht auf ihre äußerliche Schönheit, sondern freute sich über das Leuchten ihres Geistes, als sie ihr Argument darlegte. Synkletika war wahrhaft eine würdige Enkeltochter für Xanthias. Er antwortete mit einem Gleichnis.

„Stellen wir uns vor, die Vernunft lebt in einem vornehmen Haus mit vielen Räumen. Die Einrichtung in jedem Raum ist ein Satz von Regeln. Ein Regelwerk heißt Schach, ein anderes Landwirtschaft, wieder ein anderes Kriegführung, und so weiter. Außerhalb des Hauses herrscht beständig Nacht. Die Vernunft kann nun ihre Leuchte nehmen und den Raum außerhalb erforschen und weitere Räume bauen. Immer aber wird die Dunkelheit die Vernunft umschließen und nie die Vernunft die Dunkelheit. So wird die endliche Vernunft umschlossen von der unendlichen Dunkelheit Gottes."

Synkletika war unzufrieden und erwiderte: „Vater Abt, ein Argument, das sich auf Bilder stützt, ist nicht zwingend."

Nikolas schüttelte den Kopf. Er sprach halb zu sich selbst, als er sagte: „So muß ich mich wieder geschlagen geben. Meine Bilder vermögen im engen Haus der Vernunft nicht durch Logik zu überzeugen. Sie sind eher Verführungen, die dich verlocken sollen, die Schwelle zu überschreiten und dich nach draußen zu begeben, Synkletika.

Ist denn die Vernunft nicht allzu sehr beschränkt?

Welche Grammatik achtet auf den Zauber,

der das Spiel der Liebenden lenkt?

Welche Logik erfaßt die Schönheit der Jugend

und die Weisheit des Alters?

Welche Syntax gibt Antwort auf das Rätsel

des Todes?

Die Poesie aber führt weiter und höher als die Vernunft. Nur sie ist imstande, einen Spalt im Tor der Vernunft zu finden. Aber ich bin nur ein kümmerlicher Poet. Es ist mir nicht gelungen, den für dich lebendig zu erweisen, der im und jenseits allen Denkens wohnt."

„Doch, es ist dir gelungen, Vater Abt", sagte Rufinus. Er schritt ruhig vor, kniete nieder vor Nikolas und bat ihn um seinen Segen. So kam es, daß Rufinus sich auf die Suche machte nach einer Weisheit, die jenseits des Wissens liegt, nach einem Glauben, der dem Denken vorausgeht, und einer Liebe, die alles Verstehen leitet.

Vom flüsternden Schilf

Über die Schöpfung

Hebt eure Augen in die Höhe, und seht:
Wer hat die Sterne dort oben erschaffen?
Weißt du es nicht, hörst du es nicht?
Der Herr ist ein ewiger Gott, der die weite
Erde erschuf.
(Jesaja 40,26.28)

Johannes der Zwerg beendete die nachmittägliche Schriftlesung in der Ruhe des Klostergartens, in dem eine freundliche Zypresse Schatten spendete, und schloß das Buch des Propheten Jesaja. Seine Gedanken kehrten zu Nikolas zurück. In der Nacht hatte sich die Krankheit des Abtes wieder gemeldet, die vor vielen Jahren während einer Pilgerreise nach Jerusalem zum ersten Mal aufgetreten war. Johannes stellte fest, daß sie sich nun plötzlicher einstellte und schmerzvoller war. Nikolas hatte zwar Bessarion gegenüber scherzhaft geäußert, er verdanke seine Beschwerden dem Übermaß an Wein, den er im Hause des Xanthias genossen habe, Johannes wußte aber, daß sein Meister während des ganzen Aufenthalts dort nur wenige Tropfen getrunken hatte. Man hatte den Arzt gerufen, der einen Trank mischte, der nun dem gebrechlichen Körper des Abtes Schlaf gewährte.

Johannes sah, wie der Pförtner mit Rufinus sprach, und er hätte dem jungen Mann am liebsten abgesagt, aber Nikolas wollte nicht, daß man ihn wegschickte. Er zog Johannes zu sich heran und sagte:

„Sei du für ihn meine Zunge.

Zeige du ihm meine Liebe.

Öffne du ihm das Tor.

Er wandelt auf dem Weg des Herrn."

Der Zwerg lächelte vor sich hin, als er die natürliche Anmut dieses siebzehnjährigen Jünglings sah. Schwarze Locken umspielten einen Kranz von frischen orangefarbenen Blumen, als er den von Gänseblümchen gesäumten Weg heranschritt. Johannes dachte daran, daß es nun schon Jahre her war, daß Nikolas ihm die Augen für die wahre Schönheit geöffnet hatte. Die Worte seines Meisters, die dieser gesprochen hatte, während sie die glühende sketische Wüste durchquerten, waren in seinem Geist wie eingraviert:

„Mein Sohn, alle sind fähig zur Liebe, wie der

Falke zum Fliegen oder die Sterne zum Leuchten.

Das Entzücken der Liebe ist Sein Geschenk.

Aber nur Toren begnügen sich mit der Schale der

Walnuß oder der Eischale des Regenpfeifers.

Geschmeidige Glieder und elfenbeinfarbene Haut,

süßer Atem und der Jugend scharfes Auge sind Zeichen für eine größere Schönheit, die Sein erlesenstes Geschenk ist.

Diese Schönheit kommt von Ihm. Ist nicht, wer geliebt wird, ein Tempel für den Geist und ein Erbe des Himmels?

Der strahlende Glanz ist von Ihm. Ist die Geliebte nicht die Königin des Paradieses und der Geliebte nicht der Herr von Zion?

Geschaffen nach Seinem Bild, erlöst von Christus dem Herrn, geliebt von den Engeln:

Ist nicht der kleinste Zwerg in seiner Schönheit ähnlich dem stattlichsten Prinzen?"

Die großen braunen Augen Rufinus' richteten sich fragend auf Johannes: „Ehrwürdiger Bruder, soll ich an einem anderen Tag wiederkommen…?"

Aber Johannes wischte seine Worte beiseite und widmete sich mit einem wohlwollenden Lächeln dem jungen Mann. Er entfaltete vor Rufinus die Lehre Jesu von Nazaret. Er erzählte von seinen Wundern, wie man ihn ans Holz genagelt hatte, wie er zur Hölle niederstieg und am Morgen der Auferstehung freudig von den Engeln begrüßt wurde. Er erzählte von den Taten und Wundern der Jünger und vom Preis dieses Glaubens, für den sie ihr Leben einsetzten. Sie sprachen lange Zeit miteinander, und des jungen Mannes Augen leuchteten. Nach einer Pause sagte Johannes: „Sprich mir von dir selbst, mein Freund. Wie nimmt Rufinus die Welt wahr? Was entdeckst du in ihr? Sprich etwa vom Unsagbaren, damit ich dem Abt davon berichten und ihn aufmuntern kann."

„Das Unsagbare ist eine unerschöpfliche Melodie, in der mein Leben nur eine einzelne Note ist.
Wenn Mathematiker und Philosophen ihre elegantesten Visionen entfaltet haben, haben sie noch nicht den ersten Buchstaben des ersten Wortes im Buch der Grenzenlosigkeit geschrieben.
Es lebt im Kraut und im Blatt der Kirsche, in den Gestirnen und im gewaltigen Behemot.
Es ist enthalten in jedem einzelnen Sandkorn.
Das Geheimnis, das sich im Regen, im Brot, in der Erde und im Geist Seiner Geschöpfe offenbart,
dies ist das Unsagbare. Ist es nicht so, mein Bruder?"

Johannes war es, als wären diese Worte eine unbekannte Musik, gerichtet an die Grenzen des Horizonts. Der Zwerg spürte, daß seine Frage, mit der er seine Freundschaft zeigen wollte, eine andere Dimension eröffnet hatte. Bedachtsamer stellte er die nächste Frage: „Sprich mir vom Erhabenen, kleiner Bruder."

„Es ist die Andeutung, daß alle Dinge über sich selbst hinausweisen.
Die Heuschrecke spricht es aus, der Skorpion singt davon, es ist die Sprache des Ysop und das Flüstern des Schilfes.
Erspürt in der Schönheit, wahrgenommen in der

Güte, eingebettet in die Wahrheit, bewegt es sich außerhalb allen Wissens, aller Worte.

Das Kind, das über den Regenbogen staunt, sich über die Ameise wundert, vom Geschmack der Erdbeere überrascht ist, lebt in der Gegenwart des Erhabenen. Ist es nicht so, mein Bruder?"

Der Zwerg nickte. Sie sprachen noch lange miteinander. Rufinus nahm noch am Abendgebet teil, dann kehrte er zurück in das Haus seines Großvaters.

Seh' ich den Himmel, das Werk deiner Finger,
Mond und Sterne, die du befestigt:
Was ist der Mensch, daß du an ihn denkst,
des Menschen Kind, daß du dich seiner annimmst?
Du hast ihn nur wenig geringer gemacht als Gott,
hast ihn mit Herrlichkeit und Ehre gekrönt.
(Psalm 8,4–6)

Am späten Abend sah er nach Nikolas, der nun wach und wieder kräftiger war, und sprach von Rufinus. „Wie seine Zwillingsschwester Synkletika hat er den Geist von Xanthias geerbt. Aber er ist reicher als sie beide. In seiner Seele wohnt Poesie.

Er sieht den Aufstieg im Fall.

Er findet Freude hinter den Tränen.

Er entdeckt das Leben, das aus dem Tod erwächst."

Voll Freude sagte Nikolas: „Seine Augen sind nach oben gerichtet. Er hat Den gesehen, der all dies geschaffen hat."

Vom tapferen Sterben des Centurio

Über das Leben

Denn der Herr schaut herab aus heiliger Höhe,
vom Himmel blickt er auf die Erde nieder;
er will auf das Seufzen der Gefangenen hören
und alle befreien, die dem Tod geweiht sind.
(Psalm 102,19–20)

Durch ein enges Seitentor wurden Johannes und Nikolas in die dunklen Gänge des Gefängnisses von Alexandrien eingelassen. Der Karsamstag war früh zu Ende gegangen, verdunkelt durch eine Wand von Gewitterwolken. Im Kloster bereiteten die Mönche sich auf die Stille der Vigil des Ostermorgens vor. Bes-

sarion, der schon seinen Reisemantel anhatte, hatte dem Abt und seinem Schüler mitgeteilt, daß er in einer dringlichen Angelegenheit zu einer Reise in die Wüste aufbrechen müßte. „Kannst du an meiner Statt zur Festung gehen und Markus den väterlichen Segen bringen?" hatte er gefragt.

Johannes hatte die Mönche über Markus sprechen hören. Er war Centurio in der Leibwache des Gouverneurs und hatte heimlich Unterricht im Glauben genommen. Als er von einem eifersüchtigen Soldaten verraten wurde, hatte er sich geweigert, dem Kaiser Weihrauch zu streuen und sein Standbild zu verehren.

Nikolas und Johannes betraten die düstere Zelle, in der Markus, abgesondert von den anderen, eingesperrt war, und erläuterten, mit welchem Auftrag sie gekommen waren. Markus war ein großer, kräftiger Mann; sein Bart und das kurz geschnittene Haar waren kein bißchen grau; in seinen Augen war keine Spur von Angst zu sehen. Er freute sich über ihr Kommen und begrüßte sie herzlich. Nachdem sie gemeinsam die Psalmen und Gebete gesprochen hatten, aß und trank er von den Geschenken, die die Brüder ihm geschickt hatten. Dann berichtete er Nikolas und Johannes, daß ihm bevorstand, was Bessarion am meisten befürchtet hatte. Die Brüder hatten inständig gebetet, er möge davor verschont bleiben. Aber nun sollte er am nächsten Morgen an der Feier des Kaisergeburtstages im Zirkus zur Belustigung des Mobs den Tieren vorgeworfen werden. Das römische Recht sah in ihm einen Verräter.

Nikolas sprach längere Zeit mit ihm. Der Zwerg hörte nur mit halbem Herzen zu. In seiner Traurigkeit nahm er Zuflucht zu dem Psalm, den er erst kürzlich in Erinnerung an den Zimmermann aus Nazaret gebetet hatte.

Alle, die mich sehen, verlachen mich …
Viele Stiere umgeben mich …
Sie sperren gegen mich ihren Rachen auf,
reißende, brüllende Löwen.
Rette mich vor dem Rachen des Löwen, … rette mich
Armen!
(Psalm 22,8.13.14.22)

Er hörte, wie Nikolas Markus den Abstieg des Herrn
zur Hölle erläuterte.

„Er steigt in diesen Abgrund der finstersten Nacht
und geht zu denen, die unter den Schwingen des
Todes kauern.
Und als erstes sieht er Adam,
gefesselt von der Sünde.
,Schläfer, wach auf!
Steh auf vom Tod, folge dem Licht!'
Und er nimmt ihn bei der Hand.
Er, der Gott Adams, wurde sein Sohn;
Er, der Schöpfer, nahm seine Natur an;
Er, der Herr, wurde für ihn zum Knecht.
,Schläfer, wach auf!
Steh auf vom Tod, folge dem Licht!'
Er, der den Himmel mit dem Staub der Erde
vertauschte,
Er, der sich ins Gesicht spucken und schlagen ließ,
Er, der blutüberströmt am Holz des Kreuzes starb:
Er kam in das Reich des Todes,
um das Leben zu bringen.

‚Schläfer, wach auf!
Steh auf vom Tod, folge dem Licht!'
Die Cherubim haben die Tore des Paradieses
wieder geöffnet.
Der Thron ist aufgerichtet und geschmückt.
Ein Festmahl und ewige Wohnungen sind bereitet.
Die Schatztruhe ist geöffnet,
ein Königreich wartet auf dich.
‚Wach auf! Steh auf!' "

Johannes hörte zu und betete zu jeder Stunde. Er meditierte darüber, daß Gott im Fleisch gestorben war, um alles Fleisch zu erlösen. Der Zwerg und der Abt hielten das Fasten und tranken nur einen Schluck Wasser, bestanden aber darauf, daß Markus aß. Nachdem Nikolas und der Centurio bis tief in die Nacht miteinander gesprochen hatten, sah Johannes, wie sein Meister ein Bündel aufschnürte und Markus ein weißes Kleid überreichte. Markus legte es an, und im Licht der tropfenden Kerzen empfing er in großer Freude die Taufe und den Leib des Herrn.

Dann bat der gütige Abt Markus, ihm vom Tod zu sprechen. Ruhig und furchtlos sagte der Centurio:
„Dies hat der ehrwürdige Bessarion mich gelehrt,
und ich weiß im Innersten, daß es wahr ist.
Der Tod ist ein starkes Roß, das gesattelt ist, mich
in die Stadt meines Herrn zu bringen.
Er ist ein verschwiegener Freund, der rechtzeitig
über das Meer gekommen ist, um mich zu seinem
Herrn zu bringen, damit ich eingehe in seine Freude.

Er ist ein Tor, das auf eine Wiese mit frischem
Gras und Blumen führt und zu dem Einen, der
die Quelle ist von aller Schönheit.
Wie die Kraniche heimwärts fliegen zu ihren
Brutstätten,
die Bienen zurückkehren zu den mit Honig
gefüllten Waben,
die Küken unter die Schwingen der Mutter
flüchten,
so sehnt mein Seele sich nach Ihm."

„Und wie denkst du vom Himmel?" fragte Nikolas
sehr sanft, sehr ruhig, und blickte ihm dabei fest in die
Augen.

„Das ist der Ort jenseits aller Orte, der kein Ort
mehr ist, sondern die Wohnstatt Seiner Liebe.
Er ist die Musik jenseits aller Musik, die keine
Musik mehr ist, sondern der Klang Seiner Stimme.
Er ist die Freundschaft jenseits aller Freundschaft,
die keine Freundschaft mehr ist, sondern Vereinigung mit Ihm."

Sie löschten die Kerzen aus. Sie umarmten einander. Mit der Morgendämmerung erwachte im Gefängnis die Betriebsamkeit eines neuen Tages. „Bessarion war ihm ein guter Lehrer", sagte Johannes. Der Abt nickte.

Im Kloster wurde die große Oster-Synaxis gefeiert. Im sanften Frühlingswind war ein schwacher Widerhall vom Gebrüll der Menge im Zirkus zu hören.

„Mein Leib, der für euch gebrochen wird:
Er ist das Brot des Lebens.
Mein Blut, das für euch vergossen wird:
Es ist der Wein der Liebe."

Später, als es schon Abend wurde, brachten die Mönche den schlimm zugerichteten Körper von Markus in ihren Garten, um ihn zu bestatten. Nikolas ordnete an, das Grab unter einer Platane an der Südmauer auszuheben. Er streute weiße Veilchen darüber aus und sagte: „Er hat uns geküßt, als wir im Dunkel von ihm gingen. Nun wird er geküßt, wenn er eintritt in das Licht."

Sende dein Licht und deine Wahrheit,
damit sie mich leiten;
sie sollen mich führen zu deinem heiligen Berg …
So will ich zum Altar Gottes treten,
zum Gott meiner Freude.
(Psalm 43,3–4)

Von den vier Toren und dem einen Weg

Über das Leiden

Hör mein Gebet, Herr, vernimm mein Schreien …
Denn ich bin nur ein Gast bei dir, ein Fremdling …
Wende dein strafendes Auge ab von mir,
so daß ich heiter blicken kann,
bevor ich dahinfahre und nicht mehr da bin.
(Psalm 39,13–14)

Gegen Ende der österlichen Zeit erhielten Nikolas und Johannes einen Brief von der Festung. Der betagte Tribun Gaius Marius, der die gallischen Stämme unterworfen und gegen die Vandalen gekämpft hatte, lag, von hohem Fieber geschwächt, auf der Krankenstation. Er hatte angeordnet, daß nach dem Abt gesandt würde.

Diener stützten seinen sehnigen und narbigen Körper, als er sich von seinem Lager erhob. Als er und Nikolas einander in die Augen blickten, maß sich Stärke mit Stärke. Die Begrüßung war kühl und formell. „Ich sah Markus sterben", sagte der Tribun unvermittelt. „Als Centurio stand ihm ein kurzes Schwert zu. Die meisten stürzten sich sofort hinein. Er nicht. Er kam anderen zu Hilfe, Sklaven, Gefangenen und ihren Familien. Er tötete noch zwei der wildesten Bestien, bis er, auf einer Blutlache ausgleitend, in die Klauen eines weiteren Tieres geriet."

Während der Tribun vom Zirkus sprach, saß Johannes abseits vor einer Wand des Krankenzimmers und sprach die Gebete der Tagzeit.

> *Ich falle sie an wie eine Bärin, der man die Jungen geraubt hat,*
> *und zerreiße ihnen die Brust und das Herz.*
> *Die Hunde fressen sie dann,*
> *und die wilden Tiere zerfleischen sie.*
>
> (Hosea 13,8)

„Bevor Markus die Arena betrat, erzählte er mir von eurem nächtlichen Besuch, und er bat mich, mit euch über seinen Tod zu sprechen. Dieser Pflicht komme ich hiermit nach. Ein Narr hat seinen Tod gefunden." Johannes dachte, in seiner Stimme sowohl Wut als auch Traurigkeit zu vernehmen.

„Ein Narr?" sagte Nikolas, der sich herausgefordert fühlte.

„Wie des Leoparden Sprung die Gazelle tötet
und des Falken Sturzflug die Taube zerreißt,
so zerschmettert das Leiden den Aberglauben an Gott", antwortete Gaius grimmig.

„Aber kann es nicht Gott *und* das Leiden geben?" fragte Nikolas. „Wenn jemandem ein Übel zustößt, kann es nicht auch eine gerechte Strafe sein für ein Übel, das er getan hat? Auch der Präfekt sperrt doch Diebe ein." „Dieser Gedanke ist mir zu einfach. Wie soll damit gerechtfertigt werden, daß in den Lagern der Goten kleinen Kindern zur Belustigung der Bauch aufgeschlitzt wird? Wenn die Strafe für Schuld so aussieht, ist deine Verteidigung schlimmer als mein Unglaube", antwortete Gaius verächtlich.

Nikolas dachte eine Weile nach. „Stellen wir die Frage in einen größeren Zusammenhang. Ist Leiden, das zum Tod führt, nicht der kleinere Teil eines größeren Guten? Werden Ameisen, die in den Nil fallen, nicht zum Futter für die Fische, die mein Herr seinen Gästen festlich auftischt?" „Das ist ein verqueres Argument", sagt Gaius schroff. „Wie soll damit der Tod von zehntausend römischen Soldaten auf den Klippen von Volsco nach der Schlacht von Atria gerechtfertigt werden?"

Johannes zog sich in den kleinen Garten hinter der Festung zurück und las in der Stille die Lesung der Tagzeit.

Schonungslos hat der Herr vernichtet alle
Fluren Jakobs …
Kind und Säugling verschmachten auf den Plätzen
der Stadt.
Sie sagen zu ihren Müttern: Wo ist Brot und Wein?,
da sie erschöpft verschmachten auf den Plätzen
der Stadt,
da sie ihr Leben aushauchen auf dem Schoß
ihrer Mütter.
(Klagelieder 2,2.11–12)

Nikolas dachte wieder nach. „Nehmen wir den Gedanken unter einem neuen Gesichtspunkt wieder auf. Führt nicht Leid, das überwunden wird, in die Tiefen des menschlichen Geistes? Der Schmerz des harten Trainings befähigt den Ringkämpfer, seinen Kampf zu gewinnen. Verwandelt nicht der Jammer eines Kindes, das geschlagen wird, damit es lesen lernt, sich in Freude, wenn es in den Epen Homers blättert?" Gaius blickte immer noch böse auf den Abt. „Dieser Gedanke mag einen Funken Wahrheit enthalten, der aber vor der Wahrheit des größeren Ganzen nicht bestehen kann. Kann auf diese Weise die grausame Schändung römischer Jungfrauen durch die Skythen gerechtfertigt werden? Leid mag einzelne adeln, aber insgesamt wirkt es nur Zerstörung."

„Führen wir einen weiteren Gedanken ein, der den Begriff der Ewigkeit enthält. Ist die Unsterblichkeit eine Bürgschaft dafür, daß das Leid nicht für immer herrschen wird?" fragte Nikolas vorsichtig. „Willst du auf diese Weise die Schrecken und Greuel aller Zeiten wegwischen? Dieses Argument bestätigt, daß das Leid in der Geschichte keinen Sinn hat." Gaius Marius bebte vor Wut. In seinen Augen standen Tränen. Nikolas trat näher an ihn heran. „Bevor Markus starb, hat er mir gesagt, daß er dein Sohn war. Er sprach bis zuletzt liebevoll von dir."

Gaius lachte kurz und trocken auf. „Will ein christlicher Geisterbeschwörer einen sterbenden Stoiker trösten?" „Nein", sagte der Abt, „aber ich werde dir jetzt meine Antwort auf deine Frage geben. Bis jetzt haben wir uns ein wenig verhalten wie Zwillingsbrüder, die in einem fremden Garten spielen. Wir haben vier Tore in der Mauer geöffnet, aber keinen Weg gefunden. Ich weiß sehr wohl, daß meine Argumente nicht zwingend sind. Aber wechseln wir die Ebene und das Bild. Gehen wir zurück in die Zeit, als wir im selben Mutterleib waren. Wie hätten wir unsere Mutter erkennen können, in der wir lebten? Wie hätte ich zu dir von ihr sprechen können? Wie hättest du mich hören und verstehen können? Es ist völlig klar, daß wir nichts von ihr wissen, obwohl sie uns am Leben erhält und wir nur in ihrer Liebe leben.

Gott ist der Unerkennbare. Leid ist ein Geheimnis, das in diesem Nichtwissen beschlossen liegt. Aber denke daran, es ist ein Kleid, das Er ebenfalls trägt. Er hat es angezogen zum Tod an einem düsteren Baum. Dieses Leid hat keine Rechtfertigung außerhalb Seiner

Freiheit, Er selbst zu sein. Er kann selbst Sein Kleid wählen. Es kann keine Theorie geben, die das erklärt, es gibt nur die Liebe, die sich Ihm hingibt, wie Er ist."

„So erklärt ein Geheimnis das andere? Was bleibt, ist Unwissenheit." „Wer den Unbegreiflichen nicht lieben kann, muß verzweifeln, denn aller Sinn liegt in Ihm." „Wir stehen wieder am Abgrund zwischen Athen und Jerusalem", sagte Gaius schwer atmend, ließ sich zurückfallen auf sein Lager und schickte die beiden weg.

Auf dem Rückweg zum Kloster hielten Johannes der Zwerg und sein Meister inne und beteten ihre Psalmen.

Zwar blüht der Feigenbaum nicht,
an den Reben ist nichts zu ernten,
der Ölbaum bringt keinen Ertrag,
die Kornfelder tragen keine Frucht;
im Pferch sind keine Schafe,
im Stall steht kein Rind mehr.
Dennoch will ich jubeln über den Herrn,
und mich freuen über Gott, meinen Retter.
(Habakuk 3,17–18)

Von der verbotenen Liebe
des Mönchs Pinufius

Über das Kind

Die dichten Sandstürme dauerten drei Wochen und hielten den Boten auf. Es war kurz nach Pfingsten, als Nikolas den Brief des Bessarion erhielt. Bevor er und Johannes ihn in der Kellia treffen konnten, war das Kind geboren. „Für die Brüder im Kloster war es ein Ärgernis", sagte Bessarion mit Stirnrunzeln. Der Abt und Johannes der Zwerg waren rechtzeitig zum Nachtgebet angekommen. Daran anschließend nahm Bessarion sie mit in seine Zelle. Während sie Feigen und Käse aßen, erklärte er, was geschehen war. „Es geht um Sara und Pinufius. Sie ist die Tochter des Arminion, eines unserer Bauern. Sie brachte jede Woche frisches Gemüse ins Kloster. Bruder Pinufius war für die Abrechnung zuständig und zahlte ihr das Geld aus. Vor einem Jahr haben sie Zuneigung zueinander gefaßt, und ihre Verliebtheit wurde von Woche zu Woche größer. Am Fest des hl. Michael teilten sie das Lager und schliefen miteinander. Sie zählt jetzt siebzehn Jahre, und er ist erst zwanzig. Das Kind ist sechs Tage alt."

Johannes gingen die Psalmverse durch den Kopf, die sie zur Nacht gebetet hatten:

> *Von Myrrhe, Aloe und Kassia duften all*
> *deine Gewänder…*
> *die Braut steht dir zur Rechten im Schmuck*
> *von Ofirgold.*
> *Die Königstochter ist herrlich geschmückt,*
> *ihr Gewand ist durchwirkt mit Gold und Perlen.*
> *Man geleitet sie in buntgestickten Kleidern zum*
> *König.*
> (Psalm 45,9.10.14–15)

„Als bekannt wurde, daß sie ein Kind unter dem Herzen trägt, hat ihr Vater Arminion sie fortgejagt. So kam sie hierher. Die Brüder sperrten die beiden in getrennte Zellen und gaben ihnen die nötigste Verpflegung. Sie wollten diese Zeit im Gefängnis als eine Gelegenheit zur Reue verstanden wissen. Als die beiden immer schwächer wurden – sei es aus Liebessehnsucht oder als Folge der Bestrafung durch die Brüder, wer weiß –, hat man schließlich nach mir gesandt, da dieses Kloster hier zu einem großen Zusammenschluß der Klöster von Alexandrien gehört."

„Du hast dafür gesorgt, daß sie wieder zu Kräften kamen, und hast sie frei gelassen?" fragte Nikolas. „Ja", sagte Bessarion, „sie war allerdings schon so schwach, daß wir für das Leben des Kindes fürchteten. Aber sie sind beide noch bei uns." „Wirst du ihn von seinen Gelübden entbinden?" fragte der Abt. „Das ist schon geschehen. Aber wie du weißt, verbietet die Regel die Anwesenheit von Frauen und Kindern. Sie können nicht hierbleiben. Das Ärgernis wird täglich größer. Aber die jungen Leute haben keine Verwandten, die sie unterstützen könnten. Wohin könnten sie gehen?"

Johannes der Zwerg trat nahe an Nikolas heran und flüsterte ihm ins Ohr. Der Abt lächelte. „Natürlich, sie sollen nach Alexandrien gehen, zu Pambo dem Langen, und für den Weinhändler mit den besten Weinen der Stadt die Abrechnung machen. Ich werde einen Empfehlungsbrief schreiben. Wir sollten am Morgen mit ihnen sprechen."

Die Sonne stand noch niedrig, und es war für die kleine Gruppe noch nicht zu heiß, um unter den Orangenbäumen an der Wand der Kapelle zu sitzen. Es wurden neue Vereinbarungen getroffen und Dank abgestattet. Sara und Pinufius, die in ihrer Liebe strahlten, aßen Granatäpfel. Arglos schlief Ikabod auf einem Lammfell in einem aus frischen Zweigen geflochtenen

Körbchen. Bruder Pinufius sprach für sie beide. Seine dunklen Augen leuchteten auf, als er von der Freude sprach, die sie selbst im Gefängnis empfanden:

„Wie eine Biene nicht zwischen einem Krokus und einer Ringelblume wählt, sondern von beiden Nektar nimmt,

wie ein Storch nicht einen Aal einem Karpfen vorzieht, sondern beide als Nahrung nimmt,

so fanden wir beide

in dem, was uns gegeben und was uns vorenthalten wurde, in dem, was gesagt wurde und unausgesprochen blieb,

was getan wurde und ungetan blieb,

in der Hitze und in der Kälte,

im Licht und im Schatten,

in der Fülle und in der Entbehrung,

im Gleichklang und in der Unterschiedenheit

gleichermaßen die Liebe Gottes.

Ein neues Geschöpf, geschaffen nach Seinem Bild, Ikabod,

wandelte für uns abgestandenes Wasser in würzigen Wein,

bitteres Brot in Mandeln,

trockene Wurzeln in Maulbeeren.

Er verwandelte zwei karge Zellen in einen Paradiesesgarten

und übertraf so

was Jannes und Jambres aus der dünnen Wüstenluft zauberten."

„Und was ist mit Ikabod?" sagte Nikolas sanft.

Sara lächelte scheu. Pinufius berührte zärtlich ihre Wange und strich ihr liebevoll über das Haar, als sie auf ihn blickte. In ihrem Lachen waren Stärke und Güte zu spüren. Dann sagte sie: „Diese Frage wollten wir Euch stellen. Belehre uns, bevor wir gehen, Ehrwürdiger Vater."

Nikolas blickte zunächst weit in den Himmel, bevor er sich ihnen innig zuwandte.

„Kinder, dieser kleine Säugling ist für Gott, für alle und für euch.

Ikabod ist ein Zeichen für Gott.

Wie eine Rose von Sharon verweist er auf die Schönheit, die jenseits aller Blüten zu finden ist.

Er deutet auf den Einen, der jenseits aller Deutungen steht.

Er ist Ausdruck eines Geheimnisses, das jeden
Ausdruck übertrifft.

Wie ein Tamariskenstrauch in der Wüste, den
jemand beachtet oder nicht, singt er von der Liebe
des Schöpfers.

Wie der Eisvogel wartet, bis das Wasser klar ist, um
seine Beute zu sehen, so wartet Gott in Langmut
darauf, mit diesem Kind die Beute seiner Liebe zu
mehren.

Ikabod ist für uns alle.

Männer und Frauen werden Gott in ihm finden.

In seinen flüchtigen Freuden wird unvergängliche
Freude kund.

In seinem Schweigen wird die Ewigkeit in den
Herzen der Menschen widerhallen.

In seinem Schmerz wird die Ehrfurcht vor dem
Geheimnis des Todes spürbar werden.

Und Ikabod ist für euch.

Er erinnert euch an den Duft der Sommergirlan-
den, die eure Liebe krönten mit einem Geschenk
Seines Bildes.

Er bindet sich an euch, denn sein Wachstum
ist euer Wachstum, seine Weisheit bringt euch
Weisheit.

Er verlangt, daß ihr ihn frei gebt, denn die
Reise, auf die er geht, ist nicht eure Reise,
und er macht sie zu einer Zeit, die nicht die
eure ist, und er nimmt Gefährten mit, die
nicht ihr auswählt."

Im Laufe des Monats kam eine Karawane vorbei, die durch die Kellia nach Alexandrien zog. Johannes der Zwerg beobachtete, wie Pinufius, Sara und Ikabod sich den Händlern anschlossen und sich allmählich am fernen Horizont verloren, und er sagte vor sich hin: „Es war nicht richtig, daß das Kind den Namen Ikabod erhielt. Kann denn Pinufius Hebräisch? Wußte er nicht, daß das heißt: Fort ist die Herrlichkeit?"

„Es waren die Brüder, die den Namen gewählt haben", sagte Bessarion rasch. „Sie hofften, das Kind würde Pinufius so an sein gebrochenes Gelübde erinnern und an den Verlust, den seine Lust bewirkt hatte." „Sie waren zu engherzig", seufzte Nikolas. „Haben sie denn nicht gesehen, daß der Junge nicht für das Leben in der Wüste berufen war? Wo sie Lust sahen, vermutete da keiner Liebe? Sie waren wohl zu sehr mit ihren eigenen Versuchungen beschäftigt. Sara und Pinufius wissen in ihren Herzen, daß der kleine Ikabod einen anderen Namen trägt: Immanuel, Gott mit uns."

Von den Gaukeleien der Nacht

Über die Träume

Ach, du bist vom Himmel gefallen,
du strahlender Sohn der Morgenröte.
Du aber hattest in deinem Herzen gedacht:
Ich ersteige den Himmel;
dort oben stelle ich meinen Thron auf,
über den Sternen Gottes…
Ich steige weit über die Wolken hinauf,
um dem Höchsten zu gleichen.
Doch in die Unterwelt wirst du hinabgeworfen,
in die äußerste Tiefe …
Auf Würmer bist du gebettet,
Maden sind deine Decke.
(Jesaja 14,12–15.11)

Nebel hing über den Weiten der Wüste, als Abt Nikolas und Johannes der Zwerg von der Kellia aufbrachen und sich auf den Weg machten zu ihrer eigenen einsamen Zelle in der Nitria. Als sie nach mehreren Stunden des Weges eine Pause einlegten, um die Psalmen der Tagzeit zu beten, bemerkte Johannes, daß die Krankheit seinen Meister wieder anfiel.

Der betagte Makarios, von schmächtigem Körper und geschwächt von der strengen Askese, der er sich unterwarf, bot ihnen Erfrischung und Unterkunft in dem kleinen Gastraum, der an seine Zelle angebaut war. Die Gastfreundschaft des freundlichen und gutmütigen Mönchs war einfach, aber herzlich.

Die Brüder in der Gegend hatten wegen seiner strengen Lebensführung große Ehrfurcht vor ihm. Man erzählte sich, daß er sein Leben in der Wüste damit begonnen habe, daß er sechs Monate stehend im Gebet verharrte. Es hieß, er habe während all der Jahre seines Mönchslebens nachts jeweils nur eine Stunde geschlafen. Andere sagten, er habe neben den Fasttagen Mittwoch und Freitag an drei weiteren Tagen in der Woche nur grüne Kräuter und Wasser zu sich genommen. Es wurde sogar verbreitet, ein Erzengel bringe ihm Speise vom Himmel. Viele waren überzeugt, daß er Wunder vollbrachte.

Während der Abt in tiefem Schlaf lag, sprachen Johannes und Makarios gemeinsam ihre Gebete.

> *Die Zunge ist ein Feuer …*
> *Und wie klein kann ein Feuer sein,*
> *das einen großen Wald in Brand steckt.*
> *Die Zunge ist von der Hölle in Brand gesetzt.*
> (Brief des Jakobus 3,5–6)

Nikolas blieb drei Tage. Wenn er mit Makarios sprach, bemerkte Johannes, lag ihrem Gastgeber am Herzen, von den Versuchungen und Qualen zu erzählen, die sein eigener Meister, der ehrwürdige Piammonas, vor vielen Jahren erlitten hatte.

„Der Böse suchte meinen Meister unter den gerissensten Verstellungen heim und plagte ihn mit vielen Versuchungen. Einmal ließ Gott ihn drei Jahre lang unter geistlicher Trockenheit leiden. Da kam, in der ersten Woche der Fastenzeit, als er sich nur von einer dünnen Kräutersuppe ernährte, spät nachts ein Fremder auf Besuch, der einen reich bestickten Purpurmantel trug.

,Der Allerhöchste schickt mich zu dir. Er hat mir aufgetragen, dir folgendes zu bringen:
Einen Pokal, gefüllt mit Honig und dem Saft köstlichster Früchte,
einen Tisch, reichlich gedeckt mit Lamm- und Ziegenfleisch, gewürzt mit kostbaren Kräutern,
eine Schale mit feinsten Feigen und süßen Weintrauben.
Er läßt dir sagen: Greife zu, laß es dir wohlgehen, deine Versuchungen plagen dich nicht mehr.'
Da warf der selige Piammonas eine brennende Fackel auf die Erscheinung und stieß die Worte aus:
,Mit Recht nennt man dich den großen Lügner. Das reichste Mahl ist das Fastenmahl; was den Menschen am Leben erhält, ist das geistliche Fleisch, das die Seele nährt.'

In der zweiten Woche der Fastenzeit kam, wieder nachts, als er kniend im Gebet verharrte, der König von Babylon an seine Zelle, mit den Prinzen und Damen, den Dienern und Gauklern seines Hofes. Sie hielten ein festliches Gelage, tranken und schwelgten in unziemlichem Verhalten, und sie lockten Piammonas, sich ihrem obszönen Treiben anzuschließen. Schließlich führte ihn der König in einen abgeschiedenen Raum. Er war behängt mit glänzenden Wandteppichen, und im Raum standen Liegebetten mit kostbaren seidenen Kissen. Darauf lagen die begehrenswertesten Konkubinen des Königs. Sie waren nackt, eingehüllt in einen betörenden Duft, und streckten ihre Arme aus, um meinen Meister in Empfang zu nehmen.

Der ehrwürdige Piammonas kniete im Staub seiner Zelle langsam wieder zum Gebet nieder und sprach folgende Worte:

‚Mit Recht nennt man dich den großen Versucher. Denk nur nicht, du kannst mich soweit betören, daß ich nicht mehr unterscheiden kann zwischen Lust und Liebe. Die Lust unterwirft die Kreatur der Kreatur. Die Liebe befreit das Geschöpf, daß es die Reise antritt zu der Sonne, deren Glanz die Vereinigung mit Ihm ist.‘

In der dritten Woche der Fastenzeit kam in der Stille der schwärzesten der Wüstennächte ein Bote zum Tor seiner Zelle. Er brachte die Nachricht von einem Erbe, das ihm unvorstellbare Reichtümer und Ländereien in Aussicht stellte.

‚Du wirst in goldenen Palästen wohnen, die in wunderbaren Landschaften stehen. Du wirst Kleider aus feinster Seide tragen und Mäntel aus Fellen. Prinzessinnen werden dir dienen und Krieger auf deine Befehle warten. Viele Völker werden dir untertan sein. Ergreife deine Bestimmung.‘

Der selige Piammonas griff zum Stock, um den Boten zu verjagen, und sagte:

‚Mit Recht nennt man dich den Fürsten dieser Welt, denn du hast keinen Anspruch auf die kommende. Ja, ich bin ein Erbe, aber jenes Königreichs, das Armut wertschätzt, Opfer hochhält und liebevolle Freundlichkeit und Leid höherstellt als Macht und Stärke.‘“

Als Nikolas und Johannes dann ihre Reise fortsetzten, sprach der Zwerg von Makarios und den Versuchungen des Piammonas. Der Abt hörte nachdenklich zu. Als sie eine Weile schweigend nebeneinander hergegangen waren, sagte er:

„Die Zelle in der Wüste ist nicht weniger der
Kampfplatz der Hölle als ein königlicher Palast
oder der Bazar des Kaufmanns, als die Schenkel
einer Jungfrau oder das Pult eines Gelehrten.
Aber was jeweils geschieht, hängt von den verborgenen Gedanken der beteiligten Mitspieler ab.
Gestalt und Symbol erhalten ihre Macht durch
das Zusammenspiel von Angst und Sehnsucht,
die beide aus den tiefsten Gründen der Seele
aufsteigen.
Wasser, das abfließen kann, steigt doch nicht?

Wird sich der Nachtfalter von der brennenden
Kerze abwenden?
Kann ein nuckelnder Säugling seinen Kopf
wegdrehen von den Brüsten, die ihn nähren?
So muß der Böse ansetzen bei dem, was jeder ihm
anbietet.
Und in der Wüste sind Fasten und Enthaltsamkeit,
Armut und Mangel die Wege, die er schlau und
gerissen benutzt.
Wie der Liebhaber seinen Platz sucht an der Seite
der Geliebten,

wie das Tal widerhallt vom Lied, das auf dem
Berghang gesungen wird,
wie der Schatten eines Kindes nicht von ihm
abgespalten und getrennt werden kann,
so weiß Makarios, daß die Träume des Piammonas
seine eigenen Gedanken sind."

Johannes schwieg eine Weile. Dann fragte er: „Die
Brüder sagen in ihrer Schlichtheit dem Makarios ver-
wunderliche geistliche Großtaten nach. Tun sie dies,
um ihren eigenen Glauben zu stärken?"

Nikolas sagte: „Wie die Brüder die Logik einsetzen,
um zwischen Gedanken zu unterscheiden, so müssen
sie die Liebe leben, um zwischen Wunder, zwischen
Träumen, zwischen Visionen und zwischen Hoffnun-
gen zu unterscheiden. Denn nur die Liebe trägt den
Glauben, nur die Liebe gibt ihm Richtung."

Von den Geheimnissen des Aufstiegs zu Gott

Über das Gebet

Als Abt Nikolas und Johannes der Zwerg zu ihrer Zelle in der Nitrischen Wüste zurückkamen, fanden sie diese gereinigt, den Hof gefegt und ein Mahl zubereitet vor. Gesalzenes Brot, Käse und ein Krug frischen Wassers erwarteten sie. Die Brüder hatten von Christen, die in einer Händlerkarawane mitgezogen waren, erfahren, daß der Meister und sein Schüler bald zurückkommen würden. Da beauftragten sie Petrus, den jüngsten Diakon, alles für ihre Ankunft vorzubereiten. Er umarmte sie in aufrichtiger Liebe, nahm ihnen, wobei er sie freundlich anlachte, die staubigen Mäntel ab und wusch ihnen die Füße. Dann sprachen sie gemeinsam den Psalm der Tagzeit.

> *Liebt den Herrn, all seine Frommen!*
> *Seine Getreuen behütet der Herr…*
> *Euer Herz sei stark und unverzagt,*
> *ihr alle, die ihr wartet auf den Herrn.*
> (Psalm 31,24–25)

Während sie aßen, erzählte der Junge das Neueste von den anderen Brüdern. Altvater Kopres und Didymos der Ehrwürdige waren gestorben; der eine an hohem Alter, der andere am Wüstenfieber. Die Brüder Daniel und Anub waren – gegen ihren Willen – nach Alexandrien zum Militär eingezogen worden. Besucher aus der Stadt hatten von einer Verfolgung gesprochen, von Unruhen und von der Zerstörung des Apollotempels durch eine Feuersbrunst.

Petrus der Diakon diente ihnen zwei Tage lang. Der dritte Tag war ein Sabbat, und so brachen sie gemeinsam auf, um sich mit ihren Brüdern zur Feier der Synaxis zu treffen. Als die Feier beendet war, wurden Johannes und Nikolas freudig begrüßt, und sie tauschten mit vielen ihrer Freunde persönliche Geschichten aus.

„Ehrwürdiger Vater", flüsterte Johannes mit Schalk in der Stimme, „hat ein König mehr als einen Kämmerer? Reitet ein Kaufmann gleichzeitig auf zwei Eseln?" „Ich habe es schon auch bemerkt", sagte Nikolas. Er wandte sich um und winkte Petrus herbei. Obwohl der Diakon seine Pflicht nun erfüllt hatte, war er bei ihnen geblieben. „Wie können mein Freund und ich dir für deinen Dienst an uns danken?" fragte der Abt. Als er

sah, wie dem Jungen die Tränen über die Wangen liefen, legte er schnell den Arm um seine Schulter. „Ehrwürdiger Vater, lehre mich die Bedeutung des Gebetes. Ich bin unwissend."

Sie saßen in der engen Zelle des Petrus. Der Abt hörte lange zu. Dann sprach er schlicht und ruhig, mit großer Liebe.

„Bedenke, mein Sohn. Möchtest du zu schnell zu
Gott gelangen?
Höre auf das Lied, das der Herr singt, indem er dir
dein Leben schenkt.
Es gibt eine Zeit für die Schleusen des Himmels,
Regen zu spenden,
und es gibt eine Zeit für die Sonne, den Sand zu
durchglühen.
Es gibt eine Zeit für die Kinder, mit bunten
Spielzeugen zu spielen,
und es gibt eine Zeit für sie, sich auszuruhen.
Es gibt eine Zeit, in der das Leben blüht und die
Jugend alles bedeutet,
und es gibt eine Zeit, in der weiße Haare das Tor
des Lebens schließen."
Petrus sagte: „Bete für mich, Ehrwürdiger Vater, daß ich
Gelassenheit lerne."

„Bedenke weiter, mein Sohn. Möchtest du in den
Augen Gottes zu schnell aufsteigen?
Ist die Schale, die der durstige Töpfer für sich
selbst macht, vergleichbar dem Pokal, aus dem
Herr der Fernsten Inseln trinkt?

Denke daran,

der Einsiedler sucht nicht die Stimme Gottes, er hört sie im Brechen des Eises, im Rauschen des Schilfes und im Lachen der Brüder;

er sucht nicht nach Geschenken Gottes, sondern findet sie im frischen Brot, in der Dämmerung des Morgens und in der Liebe der Brüder;

er sucht nicht den Anblick Gottes, sondern entdeckt seinen Abdruck im Flügel der Biene, in der Flosse des Fisches und im Herzen der Brüder.

Petrus sagte: „Bete für mich, Ehrwürdiger Vater, daß ich Demut lerne."

„Bedenke weiter, mein Sohn. Verlangst du zuviel von Gott?

Was kann ein Dungsammler seinem Sohn bieten? Nichts außer Liebe.

Wisse:

Wenn Seine Gnade Schweigen ist, magst du eine Melodie vernehmen.

Wenn Sein Segen Leid ist, magst du tiefen Frieden spüren.

Für Ihn gelten Ruhe und Getöse gleich viel.

Für Ihn gelten Stärke und Schwäche gleich viel.

Für Ihn gelten ein Augenblick und die Ewigkeit gleich viel.

Und so gilt:

Das Herz der Finsternis ist neues Licht.

Das Herz der Verzweiflung ist neue Hoffnung.

Das Herz des Todes ist ewiges Leben.

Nur wer nichts hat, kann alles empfangen."
Petrus sagte: „Bete für mich Ehrwürdiger Vater, daß ich
Einfachheit lerne."

Nach dem langen Schweigen, das auf dieses Gespräch folgte, sprach Johannes leise mit Nikolas, der
traurig blickte, dann aber freundlich nickte. So kam es,
daß Petrus dem betagten Hyllas zugeordnet wurde. Obwohl er erst vor kurzem aus einer Zelle der Sketis in die
Nitrische Wüste gekommen war, schätzten die Brüder
schon seine Weisheit und Heiligkeit. Durch ihn sollte
Petrus auf seinem Weg zu Gott Hilfe und Führung
erhalten.

Als sie zu ihrer eigenen Zelle zurückgingen, sagte
Johannes zu Nikolas: „Sieht Petrus sein Leben schon
als ein Gebet, das Gott spricht?"
    „Noch nicht, doch Hyllas wird ihn lehren
    sinnlose Kämpfe zu lassen,
    die Form des Gebets mit Liebe zu füllen.
    Er wird ihm helfen ganz Anbetung zu werden,
    aufrichtig im Dank und ehrlich im Bekenntnis.

Er wird jene Weisheit in ihm pflanzen, die ihm gibt:

Ohren, die das Walten des Vaters im Universum hören,

Augen, die die Hand des Schöpfers sehen in allem, was Er gemacht hat,

Weisheit, die in den Psalmen die Wohnstatt Christi erkennt.

Wir wollen aber nicht nur für Petrus beten, sondern auch für unseren Bruder Simon den Diakon, der nun das Himmlische Jerusalem betreten hat."

Sende dein Licht und deine Wahrheit,
damit sie mich leiten;
sie sollen mich führen zu deinem heiligen Berg
und zu deiner Wohnung.
(Psalm 43,3)

Von Itamars Grausamkeit

Über die Gerechtigkeit

> *Da sagte Maria:*
> *Meine Seele preist die Größe des Herrn,*
> *und mein Geist jubelt über Gott, meinen Retter.*
> *Denn der Mächtige hat Großes an mir getan.*
> (Evangelium nach Lukas 1,46–47.49)

Als das Fest der Erinnerung an die Geburt Christi nahte, kam die Edle Frau Helena auf Besuch zu Nikolas und Johannes. Sie war eine reiche Witwe, mit einer tiefen Begierde nach der Weisheit des Glaubens und großzügig zu den Armen von Alexandrien. Wie jedes Jahr um diese Zeit brachte sie Geschenke mit für den Abt und seinen Schüler.

Nikolas hatte von Demokrit dem Griechen, seinem Lehrer am kaiserlichen Hof, gelernt, die alten Schriften zu schätzen. So kam es, daß er von der Edlen Helena nur Schriftrollen als Geschenke annahm. Jedes Mal, wenn sie kam, schalt sie ihn scherzhaft wegen des Reichtums in seiner Schriftenkiste. Und jedes Mal gab er die gleiche Antwort:

„So groß ist die Weisheit des Einen und Allmächtigen, daß menschliches Wissen und menschliche Unwissenheit vor ihm gleich sind."

Die Edle Frau Helena und ihre Diener fanden zwei

Tage Unterkunft in den Zellen für Gäste. Während des Tages betete sie zu den Tagzeiten mit ihren Gastgebern, las in der Heiligen Schrift und zog sich zur Meditation zurück. Am Abend vor ihrer Abreise sagte sie nach dem Gebet und einem bescheidenen Mahl zu Nikolas und Johannes: „Ich habe eine Geschichte, die ich ohne Hilfe nicht verstehe. Wollt ihr sie hören?" Sie nickten. Mit einem ratlosen Blick in ihren schönen Augen begann sie.

„Es ist eine schreckliche Geschichte, sie handelt von Itamar, einem Israeliten aus einem alten Geschlecht. Er gehörte der Priesterklasse an, ein Levit, und kam aus dem Gebirge Efraim. Es war zu der Zeit, als Israel noch keinen König hatte, da reiste er nach Betlehem, um sich eine Nebenfrau zu nehmen. Er wurde einig mit Saul, dem Sohn des Ner, und erhielt für eine bestimmte Summe dessen jüngste Tochter Michal. Er blickte sie an, gewann sie lieb und nahm sie mit nach Efraim in sein Haus. Wegen seines Verhaltens dort wurde sie aber zornig auf ihn, sie verließ ihn und ging in das Haus ihres Vaters zurück.

Nach vier Monaten machte sich Itamar auf den Weg und zog ihr mit seinem Knecht und zwei Eseln nach, um ihr ins Gewissen zu reden und sie zurückzuholen. Saul begrüßte ihn und bot ihm großzügige Gastfreundschaft an. Ein Zicklein wurde geschlachtet und der beste Wein kredenzt. Vier Tage lang feierten sie ein ausgelassenes Fest, und sie kamen überein, daß Michal mit Itamar zurückkehren solle. Aber Itamar unterhielt sich nur mit seinem Schwiegervater, mit Michal sprach er nicht. Am Nachmittag des fünften Tages machten sich der Levit, sein Diener und seine Nebenfrau auf den Weg von Betlehem nach Efraim.

Der Tag zog sich hin, und sie kamen an der Stadt Jebus vorbei. Die Einwohner aber gehörten nicht zu den Stämmen Israels, und Itamar wollte deshalb nicht dort einkehren. Als sie nach Gibea kamen, einer Stadt des Stammes Benjamin, ging gerade die Sonne unter. Sie schritten durch das Stadttor und setzten sich, wie es üblich war, auf dem Marktplatz nieder. Aber es fand sich niemand, der sie in seinem Haus zum Übernachten aufnehmen wollte. Es war schon spät in der Nacht, als schließlich ein alter Mann namens Tahan sie aufnahm. Er lebte als Fremder in Gibea und stammte wie Itamar aus dem Gebirge Efraim.

Als sie im Haus saßen und zusammen aßen und tranken, entstand plötzlich ein großer Lärm, und jemand schlug an die Tür. Einige Männer aus der Stadt verlangten von Tahan, er solle ihnen seinen Gast herausgeben; sie wollten mit ihm Dinge treiben, von denen wir nicht einmal sprechen dürfen. Erschrocken nahm Itamar seine Nebenfrau und stieß sie zu ihnen auf die Straße hinaus. Und sie vergewaltigten sie und mißbrauchten sie die ganze Nacht hindurch und ließen sie erst gehen, als die Morgenröte heraufzog. Sie schleppte sich bis zur Haustür von Tahans Haus, dort brach sie zusammen und blieb liegen, den Tod erwartend. Als es Tag geworden war, wollte Itamar seine Reise fortsetzen, er öffnete die Haustür, ging hinaus und fand seine Nebenfrau. Über die Schwelle streckte sie ihm ihre Hände entgegen. Steh auf, sagte er, wir wollen jetzt aufbrechen. Aber sie konnte kein Wort sprechen. Da legte er sie auf einen der beiden Esel und machte sich auf die Heimreise.

Als er nach Hause gekommen war, nahm er ein Messer, ergriff sie und zerschnitt sie in zwölf Stücke. Er gab jedem der zwölf Diener ein Stück und sagte: Geht zu allen Stämmen Israels und sagt: Hat es eine solche Tat jemals gegeben? Und so geschah es. Und jeder Stamm, der sie sah, sagte: So etwas ist noch nie geschehen, so etwas hat man nicht erlebt, seit die Söhne Israels aus Ägypten heraufgezogen sind, bis zum heutigen Tag. Und die Stämme Israels nahmen Rache an den Benjaminitern und töteten fünfundzwanzigtausendundeinhundert Mann."

Die Edle Frau Helena sagte ganz leise: „Wie lautet dein Urteil, Johannes? Hat Itamar recht gehandelt?" Johannes antwortete ernst: „War nicht nach der Sitte der Alten eine Nebenfrau eine Leibeigene ihres Herrn? Dann hat er recht gehandelt. Man kann ein gerechtes Urteil nur bei Anwendung der damals geltenden Maßstäbe abgeben."

Frau Helena blickte auf Nikolas. Er sagte nachdenklich: „Der heilige Apostel Paulus spricht von einem Gesetz, dessen Forderung ins Herz geschrieben ist. Und unser Herr Jesus Christus sagt zu den Leuten: Warum findet ihr nicht von selbst das rechte Urteil? Was können diese Worte bedeuten?

Ob der Falke sein Nest in Kusch oder in Erech
baut,
ändert dies etwas an der Schärfe seines Blicks?
Ob der Krieger in No-Amon oder in Babylon
kämpft,
ändert dies etwas an seiner Kampfeslust?
Ob eine königliche Prinzessin in Bozra lebt oder
in Heschbon,
welchen Einfluß hat das auf ihre Schönheit?
So kann der Mensch zu jeder Zeit, an jedem Ort,
in allen Völkern, die leise Stimme Gottes hören,
doch wer andere zum Mittel macht für seine
grausamen Zwecke, hat ihr sein Ohr verschlossen.
Gedenken wir ihrer und ihrer Opfer im Gebet,
denn sie sind sehr zahlreich.“

Er blickte auf die Edle Helena und sagte: „Ihr habt zwei Antworten, edle Frau, welche wählt ihr: Gerechtigkeit oder Liebe?"

Herodes … wurde sehr zornig, und er ließ in Betlehem und der ganzen Umgebung alle Knaben bis zum Alter von zwei Jahren töten …
Ein Geschrei war in Rama zu hören, lautes Weinen und Klagen: Rahel weinte um ihre Kinder und wollte sich nicht trösten lassen, denn sie waren dahin.
(Evangelium nach Matthäus 2,16.18)

Von der Beherbergung des kranken Jeschua

Über das Gesetz

Gott gab sich zu erkennen in Juda,
sein Name ist groß in Israel.
Sein Zelt erstand in Salem,
seine Wohnung auf dem Zion.
(Psalm 76,2–3)

Zuerst dachten sie, er sei schon tot. Die Karawane hielt nur kurz, um Abt Nikolas und Johannes dem Zwerg den Juden zu übergeben. „Er ist in ein Nest von Skorpionen getreten. Jetzt tut das Gift sein Werk. Wir haben es eilig und können ihn nicht versorgen. Laßt ihn hier in Frieden sterben oder beherbergt ihn, bis wir zurückkommen. Wir werden euch bestens bezahlen." So ersuchte der Kämmerer um Gastfreundschaft für Jeschua den Schriftgelehrten. Er winkte drei Diener heran. Zwei trugen den kranken Mann, der offensichtlich hohes Fieber hatte, in den für Gäste vorgesehenen Raum. Der dritte trug ein kleines Kästchen und stellte es neben die Schlafmatte.

Während Johannes den Leib Jeschuas wusch, bereitete Nikolas eine Kompresse aus Feigen für den Fuß und einen Trunk aus Essig und Wüstenkräutern vor. Das Fieber hielt zehn Tage und Nächte an, und der

Schriftgelehrte verlor in dieser Zeit immer wieder das Bewußtsein. Am Morgen des elften Tages kam er wieder zu sich. Er richtete sich selbst ein wenig auf und wies bestimmt Nikolas' Medizin zurück „Es schmeckt wie Wein von den Weinstöcken Sodoms", flüsterte Jeschua. „... und wie der Todesacker Gomorras; ihre Trauben... sind bitter; ihr Wein ist Schlangengift ...", vollendete Nikolas den Spruch aus der Heiligen Schrift und lächelte ihn freundlich an.

Als Jeschua wieder gesund war, erwies er sich als freundlicher und aufmerksamer Gast. Er kam aus einer vornehmen Familie von Jerusalem, war mittleren Alters, von eher schmächtigem Körperbau, und sein Bart begann gerade grau zu werden. Er war nach Ägypten gereist, um ein Erbe anzutreten. Er wartete jetzt geduldig auf die Rückkehr der Karawane. Als er an einem heißen Nachmittag ruhig mit Johannes im Schatten der Hofmauer saß, sagte er: „Darf ich dir drei Fragen stellen?" Johannes lächelte, denn er ahnte, was nun kommen würde.

„Die erste Frage: Als ich krank war, habe ich da Wein getrunken oder Kleintiere mit Flügeln und vier Füßen gegessen? Habe ich Käse und Geflügel gleichzeitig zu mir genommen?"

„Mein Freund, da der Abt wußte, daß du dem Alten Bund angehörst, sorgte er dafür, daß dir nur vorgesetzt wird, was dein Gesetz erlaubt. Der Wein, den du getrunken hast, war kein Opferwein. Von Kleintieren hast du nur Heuschrecken gegessen, aber die sind erlaubt. Du hast auch Käse gegessen, aber nie zusammen mit Geflügel – sind wir denn ein königliches Haus, daß wir jeden Tag Fleisch essen?" Johannes lachte bei der Vorstellung. Auch Jeschua lächelte und fuhr fort:

„Die zweite Frage: Ist in dem Gastzimmer, in das ich aufgenommen wurde, schon ein anderer, der eure Hilfe in Anspruch nahm, gestorben?"

„Mein Freund, noch niemand ist in diesem Raum gestorben. Allerdings haben wir einige Tage gefürchtet, du könntest sterben. Du bist nicht verunreinigt worden, nicht einmal durch den Schatten eines Toten", sagte der Zwerg. Jeschua fuhr fort:

„Die dritte Frage: Als ihr mich täglich gewaschen und verbunden habt, habt ihr da irgend einen Ausfluß beobachtet?"

„Nein", sagte Nikolas, der unbemerkt herzugetreten war. „Du brauchst nicht zu fürchten, unrein geworden zu sein. Obwohl unser Wissen bescheiden und unsere Mittel beschränkt sind, haben wir eure Gesetze so gut es ging beobachtet. Aber natürlich", fügte er hinzu, wobei seine Augen schelmisch lachten, „hast du in den Zellen von zwei hoffnungslosen Heiden gegessen, getrunken, dich ausgeruht und deine Lebenskraft wiedergewonnen."

In Jeschuas Blick waren Erleichterung und Heiterkeit zu spüren: Er war erleichtert darüber, daß nichts geschehen war, wodurch er verunreinigt worden wäre, und er schmunzelte über den freundlichen Humor von Abt Nikolas. Dann sagte er ruhig: „Ihr habt mein Leben gerettet. Ihr habt damit dem Herzen des Gesetzes Israels gehorcht, das Leben schenkt. Wenn Blut und Leben bedroht sind, ruhen die weniger wichtigen Gesetze. Die Schule, der ich mich zugehörig fühle, vertritt die Position, daß die Menschen durch das Gesetz leben, und nicht durch das Gesetz den Tod finden sollen." Nikolas sagte: „Auch unser Gesetz schenkt Leben. In seiner Sorge dafür, daß du ins Leben zurückkehrst, hat Johannes seine Liebe gezeigt. Unser Gesetz ist der Weg unseres Herrn. Wir nennen es das Gesetz der Liebe." „Vielleicht", sagte Jeschua, „sind unsere zwei Wege wie zwei Flüsse, die lange denselben Lauf haben, bevor sie sich trennen. Ob sie wieder aufeinander treffen?"

Nikolas dachte eine Weile nach, dann sagte er:
„Es ist doch möglich, daß zwei Ringkämpfer für
den gleichen Wettkampf mit unterschiedlichen
Lehrern und unterschiedlicher Kost und Technik
trainieren, und doch beide gut kämpfen?
Jeder folgt der Anweisung seines Lehrers.
Jeder ißt, was ihm Kraft gibt.
Jeder übt bestimmte Bewegungsabläufe.
Aber warum? Zu welchem Zweck?
Damit jeder kennenlernt
das Wohlbehagen an der Stärke, die Lust an der
Geschicklichkeit, die Begeisterung für den Kampf
und die Freude über den Sieg?
Ja, aber noch mehr. Was auf jeden wartet,
bestimmt sein ganzes Leben.
Doch wenn sie dann, alt geworden, wie jede Straße
ein Ende hat, einander vielleicht begegnen, werden
sie dann nicht einander umarmen, lachen und ein
wenig weinen über die Schatten der Jugend?
So bereiten die Übungen der Religion vor auf
etwas, was weit über sie hinaus gilt.

Das Gesetz ist ein guter Freund, der uns in Gottes wahre Gegenwart führt.

Durch seine Beobachtung erfreut sich der Geist an Gottes Geist.

Seine äußere Gestalt gibt der Wahrheit Wohnstatt.

So singt die Reinheit des Leibes das Lied von der Vollendung des Herzens.

So offenbart die Ordnung Liebe.

Der Tag wird kommen, mein Freund, an dem Er uns in der Stille der Kontemplation genug Liebe geben wird, daß wir einander zuerst Nachbar, dann Bruder nennen werden. Und schließlich werden wir nicht mehr Jeschua und nicht mehr Nikolas sehen, sondern nur noch Ihn. Wir werden uns wiedersehen."

Bevor Jeschua die beiden verließ, um sich der Karawane anzuschließen, öffnete er sein kleines Kästchen und überreichte dem Meister und seinem Schüler einen Gebetsschal. Als er gegangen war, sagte Johannes, ihm nachblickend: „So geht der Jude Jeschua. Ob er die griechische Form seines Namens kennt?" „Ja, er weiß wohl", sagte Nikolas, „daß sein Name Jesus lautet."

Vom Gott der Frösche

Über die mystische Erkenntnis

Hätte ich doch Flügel wie eine Taube,
dann flöge ich davon und käme zur Ruhe.
Weit fort möchte ich fliehen,
die Nacht verbringen in der Wüste.
(Psalm 55,7–8)

Johannes ersah aus dem Kameldung vor dem Hof, daß Nikolas einen Besucher empfangen hatte. Der geliebte Schüler des Abtes hatte vor drei Wochen eine Botschaft an Bessarion in Alexandrien überbracht. Als er jetzt zurückkehrte, begrüßte ihn sein Meister freudig. Während er gesalzenes Brot, Feigen und Käse aß, sprach Nikolas.

„Der betagte Altvater Silvanus hat für dich Geschenke dagelassen. Er war sechs Tage hier und hat mit großer Wärme von dir gesprochen. Er ist gestern weitergereist. Er ist auf der Suche nach größerer Stille, die er im Leben der Einsamkeit in der westlichen Wüste zu finden hofft."

Als der Name Silvanus fiel, ging für Johannes an diesem Tag zum zweiten Mal die Sonne auf. Er fühlte sich um viele Jahre zurückversetzt und sah sich selbst wieder als Kind. Ganz verängstigt wurde der nackte Junge einen ganzen Tag auf dem Sklavenmarkt in Korinth feilgeboten. Aber niemand wollte ihn haben. Schließlich wurde er für einen Schlauch sauren Wein dem Schausteller Lychas überlassen. An jedem Markttag unterhielt dieser Händler und Käufer mit seinem Umzug von Mißgebildeten und Schwachsinnigen, die Lieder singen und Purzelbäume schlagen mußten. Johannes lernte zu jonglieren und amüsierte die Menge mit seinen plumpen akrobatischen Bewegungen. Aber Lychas verlangte immer mehr, er lehrte ihn laszive Gebärden und ließ ihn zur Musik von Flöten und Trommeln unanständige Tänze aufführen. Jedes Glied seines mißgebildeten Körpers wurde in grausam peinvoller Weise der Häme und Schadenfreude der Gaffer ausgesetzt.

Als er fünfzehn Jahre alt war, überkam ihn hohes Fieber. Aber Lychas ließ es an Fürsorge fehlen und holte auch keinen Arzt. Wie ein nutzloses und zerbrochenes Werkzeug überließ er ihn im Dreck und Gestank des Marktes dem Tod. Da rettete ihn der alte Silvanus, ein Geschichtenerzähler und Diakon der Kirche Christi in Korinth, und pflegte ihn gesund.

Jedes Geschenk war eigens verpackt.

Das erste war ein Wüstenstein, der genau in die Hand Johannes' paßte. Er war wunderschön geschliffen, und in der Mitte war ein Loch gebohrt. Der Zwerg

lächelte und sagte: „Er soll mich an seine Geschichte von den Ameisen erinnern, die in einem kleinen Garten lebten. Der Garten war von einer hohen Mauer aus Steinen umgeben. Die Ameisen arbeiteten und spielten, bauten und betrieben Ackerbau, führten Krieg und schlossen Frieden, lebten und starben, und alles spielte sich auf diesem kleinen Raum ab. Eine Ameise aber machte bei der Geschäftigkeit der anderen nicht mit. Sie fragten sie deshalb: ‚Warum sitzt du den ganzen Tag herum und blickst auf die Mauer?' Sie antwortete: ‚Damit ich verstehen lerne, wie man einen Stein durchbohren könnte. Ich werde dann durch das Loch hindurchkriechen in die Welt, die jenseits liegt."

Nikolas nickte:

„Ein Bettler, der sich im Wald verirrt hat, wird
doch einen Pfad suchen, der ihn hinausführt?
Ein Soldat, der im Kampf verwundet wird, wird
doch Heilung suchen?
Kann ein Herbergsvater weghören, wenn an seine
Tür geklopft wird?
So sind alle gerufen, sich auf die Reise zu begeben,

die für sie bestimmt ist, und werden erfahren, daß diese Reise keinen Aufschub duldet.

Silvanus sagt dir damit, daß du nie ablassen darfst, Christus zu folgen, dem einen und einzigen Geliebten, der dich an seine Seite ruft."

Das zweite Geschenk war ein schöner aus Holz geschnitzter kleiner Frosch. Johannes lachte und sagte mit glänzenden Augen zu seinem Meister: „Er soll mich an die Geschichte von den Fröschen erinnern, die gelehrte Theologen waren. So gelehrt sie waren, konnten sie sich doch nicht einigen, wie Gott zu denken sei. Sie meinten, seine übernatürliche Gestalt müsse sicherlich froschähnlich sein. Aber die einen meinten, er müsse zwei Köpfe und vier Beine haben, andere, er habe bestimmt drei Augen und zwei Zungen, und eine Minderheit hielt dafür, seine Köpfe, Beine, Augen und Zungen wären unzählbar."

Nikolas lächelte:

„Kann denn, wer den neuen Wein der Rosen
trinkt, Worte finden, die davon erzählen?
Kann das Entzücken der Liebenden in Sprache
gefaßt werden?
Wie drückt eine Mutter ihre Freude darüber aus,
daß ihr Kind in der Gnade wächst?
So ist, was erklärt wird, nur der geringste Teil der
Bedeutung.
Annäherungen verweisen in ein Schweigen, das
alles zum Ausdruck bringt.
Silvanus trägt dir damit auf, die Dunkelheit der Ein-

samkeit zu erforschen, bis du findest, was der Geist nicht zu übersetzen und die Zunge nicht auszusprechen vermag."

Das dritte Geschenk war eine kleine Flöte, kunstvoll aus Silber getrieben. Frohgemut sagte Johannes: „Sie soll mich an die Geschichte von den zwei Vögeln erinnern. Einer verbrachte sein ganzes Leben in einem und demselben Wald, während ein anderer ihn nur einmal durchstreifte. Der erste sagte: ‚Ich habe viele Jahre die Ruach gesucht. Man sagt, daß sie Leben und Freude bringt. Ich habe sie nicht gefunden. Sie ist nicht in diesem Wald. Hast du sie gesehen?' Der zweite Vogel, der weiser war, sagte: ‚Du kennst sie schon. Du triffst sie jeden Tag. Sie bringt dir Leben und Freude. Ohne sie könntest du nicht fliegen. Mit ihrem Atem ernährt sie dich. Sie bringt Kühle, wenn es heiß ist. Du hörst allezeit ihre Musik. Deine Freundin Ruach ist der Wind!'"

Nikolas sprach ruhig:

„Silvanus sagt dir damit, du sollst in allem die Spuren des Herrn Jesus Christus suchen. Finden wir sie nicht in den Psalmen, die wir täglich beten?

König David weist hin auf Seine Geburt in Betlehem:

‚Ich habe dich gezeugt noch vor dem Morgenstern, wie den Tau in der Frühe.'

Er sieht Ihn den Kelch Seiner Passion trinken:
,Er trinkt aus dem Bach am Weg.'
Er weiß von Seiner Himmelfahrt und
Verherrlichung:
,Setze dich mir zur Rechten.'
So fällt Sein Schatten auch noch über unser
Leben."

Johannes legte Silvanus' Geschenke sorgfältig auf
ein Sims und sagte: "Mehr als an alles andere werde ich
mich immer an seine Worte erinnern, als er mich, der
ich dem Tod geweiht war, vom Markt in Korinth mit-
nahm in sein Haus.

,Wisse, daß der Eine und Einzige, der die Sterne
an den Himmel wirft und die großen Meere
ausgießt,
wisse, daß der, der die Schönheit der Pfauen
zeichnet und der Lerche den Gesang gibt,
wisse, daß Er der ist, der in Seiner Liebe dich
geschaffen hat.'"

Von den Gesichten des Abtes

Über die Herabneigung Gottes

Mein Herz fließt über von froher Kunde,
ich weihe mein Lied dem König.
Du bist der Schönste von allen Menschen,
Anmut ist ausgegossen über deine Lippen.
(Psalm 45,2–3)

Gleich nachdem Johannes die Nachmittagspsalmen zu Ende gebetet hatte, kehrte er in den kleinen Hof zurück. Er stand am Tor und hielt Ausschau nach seinem Meister. Nikolas hätte schon vor zwei Tagen von Pispir zurückkommen sollen. Er hatte sich entschlos-

sen, alleine zu reisen, um einige Zeit zusammen mit Hierax, Spyridon und dem jungen Xoios zu verbringen, deren Seelenführer er jetzt war. Mit heiteren Augen hatte er zu Johannes gesagt: „Wenn ich allein eine lange Reise mache, hat der Eine und Allmächtige wohl die Zeit, die er braucht, um mir zu zeigen, was er alles an mir auszusetzen hat."

Als Johannes gerade die Kerzen in den Zellen anzünden wollte, sah er am dunkel werdenden Horizont einen winzigen Punkt. Schnell machte er sich auf, dem Abt entgegen zu gehen. Sofort sah er, daß Nikolas auf der Rückreise erneut vom Fieber heimgesucht worden war. Fünf Tage lang wachte Johannes an Nikolas Seite und bemerkte, wie sehr in den letzten Monaten die Krankheit an Nikolas Leben zehrte. Wie so oft in letzter Zeit sprach Johannes die Psalmen für sie beide.

> *Deine Pfeile haben mich getroffen,*
> *deine Hand lastet schwer auf mir ...*
> *Ich bin gekrümmt und tief gebeugt ...*
> *Kraftlos bin ich und ganz zerschlagen.*
> (Psalm 38,3.7.9)

„Ich habe eine Weile in einer kleinen Oase Zuflucht gefunden. Während meines Aufenthalts dort geschahen seltsame Dinge. Am ersten Tag sah ich am Rand der

Oase eine Lichtung, die aber leer war bis auf einen einzigen uralten Baum. Es kam ein Kind und kniete neben dem Baum nieder.

‚Was tust du?‘ fragte ich.

Die Antwort erfolgte ganz leise.

‚Ich höre auf den Baum.‘

‚Was sagt er dir?‘

Die Antwort war ein kaum hörbares Flüstern: ‚Daß er keinen anderen Zweck hat, als er selbst zu sein.‘

Erstaunt sagte ich: ‚Wie kann ein Baum dieses Wissen haben?‘

‚In seiner Stille.‘

Ich kann jetzt nicht mehr sagen, ob diese Antwort von den Lippen des Kindes, vom Wind der Wüste, von den Blättern des Baumes – oder aus meinem eigenen Herzen kam. Ich blickte dann dem Kind in die Augen. In ihnen war das Licht, das in den Augen Moses leuchtete, als er den brennenden Dornbusch sah.“

„Nachts wurde ich durch den Schrei eines Soldaten aus dem Schlaf gerissen. Er stand in einem felsigen Tal, und ich sah, wie der Soldat mit einer riesigen Schlange kämpfte. Tapfer schlug er ihr den Kopf ab. Da verwandelte sich die Schlange in einen brüllenden Löwen. Als der Soldat dem Löwen das Herz durchbohrte, verwandelte der Löwe sich in eine schöne Jungfrau, die ihm zuwinkte und ihn zu betören versuchte. Als er das Schwert in sie stieß, fiel sie zu Boden und zeigte ihre wahre Gestalt. Sie war die gräßliche Brut von Beelzebub. Erstaunt fragte ich den Soldaten, was er tue.

Er sagte:

,Ich widersage der Weisheit,
die mich die Schlange lehren wollte.
Sie ist hohl und vermag nicht zu dem Einen
Allheiligen aufzusteigen.
Ich widersage der Kraft,
die der Löwe verleihen könnte.
Sie ist hohl und kann den Einen und Allgroßen
nicht erfassen.
Ich widersage der Süße geistlicher Zaubermittel.
Sie sind Kinderkram, die uns fesseln und blind
machen für die Reinheit des Allreinen.'

Ich blickte dann dem Soldaten in die Augen. In ihnen war das Licht, das in den Augen Abrahams leuchtete, auf einem Berg im Lande Morija, als er das Messer über Isaak hob."

„Am zweiten Tag schien es mir, als ginge ich über den großen Markt in Alexandrien. Mitten im Lärm der Händler, die feines Leinen, Parfüms und Süßigkeiten verkauften, saß ein Mann an einem leeren Stand. Er war in Lumpen gekleidet und pries keine Ware an.

Niemand beachtete ihn. Ich fragte ihn: ,Was verkaufst du?'

,Nichts', antwortete er.

,Wie kann ich denn Nichts kaufen?' fragte ich.

Er antwortete:

,Gib mir alle deine Besitztümer,
und ich gebe dir dafür Nichts.
Gib mir all dein Wissen,
und ich gebe dir dafür Nichts.
Gib mir all deine Freuden,
und ich gebe dir dafür Nichts.
Wenn du dich gelöst hast von den irdischen
Dingen,
wenn du dich freigemacht hast von den geistlichen
Schätzen,
wenn du arm bist im Geiste,
dann hast du das Nichts erworben,
das ich verkaufe.
Indem du austreibst, was Ihm nicht entspricht,
wirst du verwandelt in Ihn.
Gnade allein bringt die Vereinigung mit dem
Bräutigam.'

Ich blickte dann dem Mann in die Augen. In ihnen war das Licht, das in den Augen Jakobs leuchtete, als er in Penuel die ganze Nacht gerungen hatte, bis die Morgenröte aufstieg."

Johannes dachte eine Weile nach. Die Visionen seines Meisters zeichneten den Weg der Wüste. Denn:

Nur in den Stillen der Wüste versteht ein Mönch sich selbst.

Nur im Kampf gegen die Freuden des Körpers und des Geistes wird er rein.

Nur in der Blöße des Geistes kann er den Gott empfangen, der zu den Niedrigen und Armen kommt.

So geschah es, daß Johannes begriff, daß sein Meister die Schechina gesehen hatte, die Herrlichkeit, in der der Vater in seiner Liebe thront.

Allen, die ihn aufnahmen, gab er Macht,
Kinder Gottes zu werden.
(Evangelium nach Johannes 1,12)

Von der Waschfrau aus Alexandrien

Über den Glauben

Dein Wort ist meinem Fuß eine Leuchte,
ein Licht für meine Pfade.
(Psalm 119,105)

Johannes hieß den staubigen Reisenden willkommen und führte ihn in den Hof. Er wusch ihm die Füße, bot ihm frisches Wasser aus dem Brunnen an und führte ihn dann zu einem schlichten Mahl in seine Zelle. Der gebeugte Körper und das gealterte Gesicht kamen ihm bekannt vor. „Du und der Abt, ihr habt mir vor zwei Jahren Gastfreundschaft geboten, als ich mit Freunden nach Arsinoe reiste. Mein Name ist Sarmatas, ich bin ein Lehrer aus Alexandrien." Sofort erinnerte sich Johannes an den bescheidenen Gelehrten. Er sagte ihm, daß Nikolas krank sei und nicht mit ihm sprechen könne. Mit einem Lächeln antwortete Sarmatas langsam: „Weise Väter haben weise Söhne. Macht es für den armen Esel einen Unterschied, ob es der Vater ist oder der Sohn, der ihm die Bürde abnimmt?" Nachdem sie die Psalmen und die Gebete der Tagzeit gesprochen hatten, saßen sie schweigend beieinander.

Dann teilte Sarmatas dem Zwerg mit, daß er auf der Reise in die Sketis sei. Er wolle sich den Brüdern dort anschließen und ein Leben der Einsamkeit in der Wüste führen. „Du warst doch ein Schüler des weisen Ammonios, und jetzt gibst du dein Wissen auf, läßt deine Studenten zurück, verläßt deine Freunde und sagst dem Reichtum und der Heimat Lebewohl?" fragte Johannes. „Soll ich Gott Datteln anbieten, wenn er Oliven möchte? Es bringt keinen Gewinn für das Leben, wenn man gibt, was Er nicht verlangt." „Wie ist diese Erkenntnis in dir gewachsen?", fragte Johannes. Sarmatas schwieg eine ganze Weile. Dann sagte er zögernd:

„Es ist eine Zeitlang her, da traf ich in den Straßen von Alexandrien eine alte Frau, die das Geld, das sie zum Leben brauchte, als Wäscherin verdiente. Ich half ihr, ihren Karren zu ziehen, und dabei stellte ich ihr folgende Frage: ‚Glaubst du an die Dreifaltigkeit, den Vater, den Sohn und den Heiligen Geist?' Sie antwortete kaum hörbar, den Kopf gebeugt, die Augen auf die Straße gerichtet:

‚Ehrwürdiger Meister, ich kann nicht lesen und schreiben, und ich verstehe nichts von dieser erhabenen Wahrheit. Mein Leben ist so:

Ich wasche das Hemd des Töpfers, der dem formlosen Ton Gestalt und Schönheit gibt.

Ich spüle den seidenen Umhang des Baumeisters, der auf einem Ziegenleder Pläne großartiger Bauwerke zeichnet.

Ich reinige die Kleider, die die Hebamme trägt,

während sie das Leben, das der Schöpfer schenkt,
auf die Welt holt.'

So sah ich, daß Gott der Vater immer durch sie
wirkt, wenn sie ihr Werk vollbringt in Seiner Schöpfung.

Sie fuhr fort:

‚Ich gebe dem kranken Bettler Almosen, der am
Stadttor liegt.

Ich wache Tag und Nacht bei meiner Freundin,
wenn ihr Leben zu Ende geht.

Ich versuche, meine Nachbarn miteinander zu
versöhnen, damit aus Feinden wieder Freunde
werden.'

Da sah ich, daß Christus, der Sohn, immer wirkt in ihr, die ein Werkzeug ist in Seinem Werk der Erlösung.

Sie fuhr fort:

‚Mein Bestreben ist es, denen ich auf meinem Weg begegne, folgendes zu bringen:

einen Dolch, der die Fesseln durchtrennt, die ihre Freiheit binden,

eine Axt, die das Joch zerschlägt, das ihre Freude niederhält,

einen Pfeil, der den Helm durchbohrt, der den Frieden von ihnen fernhält.'

Da sah ich, daß der Heilige Geist immer wirkt in ihr, wenn sie ihren Weg der Liebe geht und Sein Werk tut. So habe ich erkannt, daß sie, die glaubte, kein Wissen von der Heiligen Dreifaltigkeit zu haben, ihr ganzes Leben von ihr umschlossen führte.

Der Glaube dieser Waschfrau von Alexandrien zeigte mir, daß all mein Lernen und Lehren dem Erbauen eines großen Tores in einer den Hof umschließenden Mauer glich, durch das ich nie geschritten bin. Jetzt begebe ich mich auf die Reise. Zeige mir den Weg, lieber Bruder."

Es trat eine lange Pause ein. Johannes war bewegt von der Ernsthaftigkeit seiner Rede und der Tiefgründigkeit seines Opfers. Er sagte schlicht:

„Mir ergeht es ebenso wie dir.

Glaube ist das Vertrauen,

das ein Kind zu seiner Mutter hat.

Er ist die freudige Erinnerung an die Zeit der
Anwesenheit des Vaters.
Er ist eine Feier in der Erwartung,
daß der Morgenstern aufgeht.
Vernunft und Logik sind seine geringsten Diener,
denn:
Glaube ist die Antwort des Geschöpfs auf die
Frage des Schöpfers.
Er erwächst aus der Ehrfurcht:
vor dem Schweigen der Wüste,
vor dem Kuß, mit dem Himmel und Erde sich
am fernen Horizont küssen,
vor dem Kommen Seines Dieners, des Todes,
der uns heimholt.
Glaube ist das Echo des Glaubenden auf das Lied
des Geistes Gottes.
Der Weg, den du gehen mußt, ist der Weg,
den du schon kennst.
Er hat ihn dir ins Herz gelegt.
Die Einsamkeit wird zu dir sprechen."

Sie umarmten sich wie zwei Brüder, die sich einen
Schatz teilen. Und am nächsten Morgen setzte Sarmatas seine Reise in die Sketis fort.

Jeden Morgen weckt er mein Ohr,
damit ich auf ihn höre wie ein Jünger.
(Jesaja 50,4)

Vom Öffnen der fünf Tore

Über den Weg

Denn der Herr kennt den Weg der Gerechten…
(Psalm 1,6)

„Zwar kennt ihr mich nicht, ich aber kenne euch",
sagte der Reisende geheimnisvoll, während er die Feigen aß, die Nikolas ihm angeboten hatte. Der Mann
war eher klein von Gestalt und noch jüngeren Alters.
Das feine Hemd aus Leinen und der teure Mantel aus
Wolle ließen einen Römer von edler Geburt erkennen.
„Mein Name ist Lucius. Ich bin der jüngere Bruder von
Markus Marius, dem Centurio aus der Leibgarde des
Gouverneurs, der im Zirkus von den Tieren zerrissen
wurde. Mein Vater war der Tribun Gaius Marius, der in
Gallien gekämpft hatte." Johannes und der Abt blickten einander nachdenklich an und hörten Lucius zu, als
er vom Tod seines Vaters erzählte. Lucius hatte Mathematik studiert, er war ein fähiger Verwalter und diente
seinem Vater als Sekretär und Kämmerer. Er war zwar
der jüngere Sohn, aber durch den Tod von Markus war
er zum Erben des reichen Familienbesitzes an den
Ufern des Tiber geworden.

„Gaius hat große Reichtümer hinterlassen", sagte Lucius, „aber noch größer ist, was Markus mir geschenkt hat." Er erklärte ihnen, daß Markus ihm heimlich von dem neuen Glauben erzählt hatte und daß sein Herz allmählich von dessen Wahrheit überzeugt wurde. Als die Lebenskraft seines Vaters schwand und der Tod näherkam, teilte er ihm dies mit. Der Tribun lachte und sagte: „Liegt nicht in der Wüste der Geschichte das Aas stinkender Religionen herum? Sind inzwischen die Gedanken eines Nazareners der Philosophie Athens oder der Redekunst Roms ebenbürtig?" Aber dann hatte er Lucius das Versprechen abgenommen, für den Fall, daß er die christliche Lehre annehmen wolle, Nikolas um Unterweisung zu bitten. „Denn seine Flamme brennt so feurig wie meine. Ich habe ihre Hitze verspürt", hatte er gesagt. So kam es, daß Lucius mehrere Monate bei Nikolas und Johannes blieb.

Nikolas sagte: „Wie sieht es in deinem Herzen aus? Wirst du alles verlassen, um in die Wüste zu gehen? Oder wirst du zu deinen Ländereien am Tiber zurückkehren?"

Er antwortete:

„Wenn ein Bäcker seinen Backofen zerstört,
wie soll er dann die Hungrigen nähren?

Wenn ein Weber seinen Webstuhl zerbricht, wie
soll er dann die Nackten bekleiden?
Wenn ein Arzt keine Kräuter pflückt, wie soll er
dann die Kranken heilen?
Ich werde nach Rom zurückkehren und meine Güter verwalten. So kann ich den Witwen und Waisen helfen. So kann ich denen dienen, deren Leib gepeinigt
wird und deren Geist erkrankt ist."
Nikolas sagte zu ihm:
„Der Weg, den du gehen willst, hat fünf Tore.
Das erste ist schon geöffnet, denn
du hast gesehen wie in der Äußerlichkeit der Welt
Sein Geist Wohnung nimmt,
du hast gehört, daß in den Winden, die den Sand
der Wüste aufwirbeln, Er deinen Namen ruft.

Das zweite Tor kann nur öffnen, wer wehrlos ist.
Achte nicht auf das Kleid, das die Welt gibt.
Deine Güter sind nur Staub an den Sandalen des
Herrn.
Dein Ansehen ist nur ein Morgennebel,
der auf die Sonne wartet.
Auch wenn du viele Besitztümer hast,
rühme dich ihrer nicht.
Steh morgens früh auf. Kleide dich schlicht.
Iß maßvoll. Sei enthaltsam.
Führe deine Geschäfte als Verwalter des Herrn.
Achte auf die Nöte der Armen.
Liebe die Brüder.

Das dritte Tor kann nur öffnen, wer zu sterben
bereit ist.
Halte dich fern von den Türmen, in denen sich
Menschen zur Sicherheit verstecken.
Die Wahrheit kann nicht durch Studieren erlernt
werden.
Sie ist tiefer als die Philosophie der Menschen.
Sie ist nicht in der Sehnsucht des Körpers und
nicht im Verlangen des Geistes zu finden.
Du wirst in Dunkelheit wandern,
ohne den Weg zu sehen.
Große Ängste werden dich bedrängen.
Dein Stock wird zerbrechen.
Wasser werden dich in die Tiefe ziehen.
Im Ertrinken wirst du sagen: ‚Er hat sich versteckt.'

Das vierte Tor kann nur öffnen, wer wiedergeboren
ist.
Tritt in das Tor und warte. Er bringt, was Er will.
Wisse, was Er gibt, gibt Er ohne Grenze oder
Begrenzung.
Wenn Er Licht bringt, gehe im Glauben bis an das
äußerste Ende.
Wenn Er Leid bringt, nimm es an mit Hoffnung.
Es ist der Weg des Sohnes.
Wenn Er ein Geheimnis bringt,
suche die Liebe im Herzen.
Sollte Er Granatapfelwein für dich eingießen:
Trink.

Sollte Er ein Tuch nehmen und deinen Körper
waschen: Genieße es.
Sollte Er dir einen Mantel umlegen: Umarme Ihn.

Und das fünfte Tor?
Das ist Sein teuerster Schatz, der nur denen
gegeben wird, die Ihm angehören.
Sein Name kann nicht genannt werden,
denn er ist köstlicher als alle Worte.
Kann diese Ekstase der Liebe,
in der das einzelne Leben willkommen geheißen
wird vom Leben im Ganzen,
in der das einzelne Lied sich einfügt in das
Unendliche Lied,

in der die einzelne Seele gegürtet wird mit Ewigem Leben,

in Buchstaben und Worte gefaßt werden?

Sie ist eine Hymne,

die nur Er singen und ertönen lassen kann,

und die nur von Ohren vernommen wird,

die Er geheiligt hat."

„Jedes zweite Jahr werde ich zur Herbstregenzeit von Rom zur Reise in die Nitria aufbrechen, um deinen Rat einzuholen", sagte Lucius, als er seinen Gastgebern Lebewohl sagte.

Johannes sah ihm nach, wie er sich im Sand der Wüste verlor, und sagte zum Abt: „Ich mache mir Sorgen um ihn. Wird er in Rom dem wahren Weg folgen?" „Wenn die Sperlingsmutter die Jungen nicht aus dem Nest wirft, werden sie je fliegen? Sein Wille ist standhaft, denn er weiß, daß er jetzt nicht nur für sich, sondern auch für Markus lebt. Und wohl auch ein wenig für Gaius. Ich habe ihm ein Empfehlungsschreiben an die Kirche von Rom mitgegeben. Es gibt dort viele, die ihm auf seinem Weg leuchten werden", antwortete Nikolas. Aber Johannes merkte, daß in seiner Stimme auch ein Zögern lag.

Wir wurden mit ihm begraben durch die Taufe auf den Tod; und wie Christus durch die Herrlichkeit des Vaters von den Toten auferweckt wurde, so sollen auch wir als neue Menschen leben.
(Brief an die Römer 6,4)

Von der dreifachen Vergebung

Über die Schuld

> *Im Finstern ließ er mich wohnen ... Er hat mich*
> *ummauert ... Er hat mich in schwere Fesseln gelegt ...*
> *Er blieb stumm bei meinem Gebet ... Du hast mich*
> *aus dem Frieden hinausgestoßen; ich habe vergessen,*
> *was Glück ist.*
> (Klagelieder 3,6–8.17)

Nikolas und Johannes hatten es eilig. Sie hatten noch einen langen Weg vor sich bis zu ihren Zellen, als sich am östlichen Horizont ein Sandsturm ankündigte. Da hörten sie ein Stöhnen. Sie stolperten fast über einen im Staub liegenden Körper. Voll Aufmerksamkeit wandten sie sich dem Fremden zu. Ein ansehnlicher Mann, noch im besten Alter, mit aufgesprungenen Lippen und geschwollener Zunge. Er war nahe daran, an Durst zu sterben. „Wer reist denn in dieser Gegend ohne Wasservorrat?" sagte Johannes zum Abt, während er aus seinem Schlauch einige Tropfen in den ausgetrockneten Mund fließen ließ. Die Antwort des Fremden war kaum zu hören: „Einer, der zu sterben wünscht."

Johannes zündete Kerzen an, denn der Sturm verfinsterte die Sonne, und in der Zelle war es sehr dunkel geworden. Eine Nacht und einen Tag lang pflegten sie den Reisenden und saßen bei ihm. Schließlich war er so weit genesen, daß er sprechen konnte. „Eure Güte ist fehl am Platz, ehrwürdige Brüder. Ich wünschte, ihr hättet mich im heißen Sand liegen lassen. Ich suchte den Tod, und ich glaubte schon seinen Atem zu spüren. Ihr seid zu früh gekommen." „Viele suchen den Tod in der Wüste, und wenn sie ihn gefunden haben, erfahren sie eine neue Geburt", sagte Nikolas sehr ruhig. „Der Tod, den ich suche, ist das Zerfallen meines Körpers in Staub. Nur so kann meine Schuld ausgelöscht werden", sagte er in großer Erregung. „Freund, ist deine Schuld so unermeßlich, daß sie nicht von dir genommen werden kann?" „Die sie mir abnehmen könnten, haben mich für immer verlassen", sagte er weinend. Er war wieder völlig erschöpft. Johannes und der Abt trösteten ihn und zogen sich dann zum Gebet der Tagzeit zurück.

Tränenströme vergießt mein Auge über den
Zusammenbruch der Tochter, meines Volkes.
(Klagelieder 3,48)

Es dauerte bis zum dritten Tag, daß er ohne Schwanken gehen konnte, und er sprach wieder von dem Schatten, der sein Leben verdüsterte.

„Ich habe vier Kinder, drei Söhne und als jüngstes eine Tochter. Meine Frau starb bei ihrer Geburt. Die

Söhne wuchsen heran und halfen mir bei der Arbeit. Mein Tochter lernte, den Haushalt zu führen. Sie webte unsere Hemden und buk unser Brot. Sie glich an Schönheit und Liebenswürdigkeit ihrer Mutter, und als sie älter wurde, geriet mein Fleisch in Verwirrung. Eines Abends, sie war gerade sechzehn, feierten wir den Geburtstag ihres ältesten Bruders mit neuem Wein, von dem sie aber nur wenig trank. Später, als ihr Bruder fest schlief, trieb mich der Drang des Fleisches in ihr Zimmer. Ich achtete nicht auf ihr Weinen und Bitten und legte mich zu ihr. Da bemerkte ich, daß sie keine Jungfrau mehr war. Ich ließ meiner Lust ihren Lauf. Dann schlug ich sie voll Wut und fragte sie nach dem Namen ihres Geliebten. Es war ein junger Mönch, mit dem sie über unsere Lieferungen die Abrechnung machte. Wir brachten jede Woche frisches Gemüse zum Kloster. Ihre Liebe wurde von Woche zu Woche heftiger. Als sie erzählte, daß sie von ihm schwanger war, konnte ich vor Wut nicht an mich halten, ich verjagte sie aus meinem Haus und sagte, ich wolle sie nie mehr wiedersehen."

Er ließ den Kopf hängen und sagte heiser flüsternd: „Ich bin ein Bauer aus der Kellia. Mein Name ist Arminion. Die ich so schlecht behandelt habe, ist Sara. Sie hat ein Kind von einem jungen Mönch namens Pinufius. Vater, hilf mir, was soll ich tun?"

Nikolas faßte ihn sanft an den Schultern und wartete, bis das Schluchzen aufhörte, dann setzte er sich zu ihm und sagte:

„Mein Sohn, der Fluß der Vergebung ist tiefer, als du denkst. Hat nicht der Diakon Stephanus, bevor er starb, zu Gott um Vergebung geschrien für die, die ihn gesteinigt haben? Hat nicht ein Sohn Josefs, des Zimmermanns, bei seinem Tod Verzeihung erbeten für die, die seine Hände mit Nägeln durchbohrten?

Deine Vergebung ist dreifacher Art:
Zuerst suche Vergebung von Gott.
Zwar hast du Sein altehrwürdiges Gebot
gebrochen, Er aber will für diese Sünde nicht
dein Leben.
Laß die Schatten hinter dir. Geh in die Kellia.
Liebe Seine Kinder.
Gib die Hälfte des Einkommens von deiner
Landwirtschaft den Menschen,
die um dich sind:
Daß zu dem Kranken ein Arzt kommt,
daß der Hungrige und Durstige gelabt wird,
daß der ungerecht Unterdrückte freikommt
und daß die Nackten bekleidet werden.
Tu dies, so lange Gott dich leben läßt.

Dann suche Vergebung von dir selbst.
Deine Schuld ist ein krankmachendes Ungeheuer,
dessen Gestalt ständig wechselt.

Sie verfolgt dich über die schmierigen Stufen
endloser Durchgänge, die in Finsternis und
ekelhaften Gestank führen.
Halt ein. Wende dich um. Stelle dich dem
Schrecklichen. Geh langsam auf es zu.
Erfahre den Schmerz. Höre die Worte über deine
Blutschande und über deine Grausamkeit.
Halte diese Qual aus.
Erkenne, was du gefehlt hast.
Dann mag dein Herz dir vergeben.
Dann mag dein Leben erneuert werden.

Und schließlich suche Vergebung von Sara.
Es ist Gottes Wille, daß Johannes sie finden
kann.
Er wird für dich sprechen und ihr deine Gaben
der Wiedergutmachung bringen.
Wenn sie vergibt, wird er es hören.
Wenn sie zu sehr leidet, wird er ihr Zeit lassen
zur Heilung.
Wie lange du auch auf diese Vergebung warten
mußt:
Hege die Hoffnung mit viel Beten,
nimm den Schmerz an – er ist gerecht,
halte ihn aus – aber erniedrige dich nicht.
Füge der Kette des Schmerzes kein weiteres
Glied hinzu.
Möge Freude deine unerwartete Ernte sein."

„Er wird rechtzeitig in die Kellia kommen, um noch beim Pflügen helfen zu können", sagte Johannes, als Arminion, geläutert und genesen, die Heimreise antrat. „Ich frage mich, wie lange er die Wahrheit vor seinen Söhnen bemänteln wird", sagte Nikolas nachdenklich. Er wußte nicht recht, ob er zu Johannes oder zu sich selbst sprach oder in den Wind, der über die Wüste wehte.

Von der Leitung der Gemeinschaft

Über die Hirten

Ich unterweise dich und zeige dir den Weg...
über dir wacht mein Auge.
(Psalm 32,8)

Mit seinen scharfen Augen erkannte Johannes in der Gruppe, die durch die Wüste näherkam, Thomas und Theon, Priester des Bischofs von Alexandrien. Die übrigen acht oder zehn Männer, die da würdevoll und ohne miteinander zu sprechen, einherschritten, schienen schon älter zu sein. Zwar hatten ihre Esel Vorräte geladen, aber die Tiere tranken dennoch freudig das frische Wasser, das ihnen der Abt und sein Schüler an-

boten. Nachdem Nikolas und Johannes die Füße ihrer Besucher gewaschen hatten, beteten der Abt und sein Zwerg mit ihren Gästen.

Thomas und Theon erzählten, daß sie nur die Führer und Diener der erlauchten Gesellschaft waren, und stellten jeden einzeln vor. Johannes war überrascht, denn ihm schien, daß die angesehensten, gelehrtesten und ehrwürdigsten Priester von ganz Alexandrien zu ihnen in die Wüste gekommen waren. Als er aber zu seinem Meister hinüberblickte, bemerkte er eine kaum spürbare Heiterkeit in dessen Stimme.

„Brüder", fragte der Abt, „warum sucht sich das Juwel der Christenheit von Alexandrien diese bröckelnden Ziegelsteine als Fassung?" Sie lächelten über seinen Scherz.

Dann ergriff Timotheos der Gütige, der für die Aussätzigen und Blinden an den Stadttoren sorgte, für sie das Wort. „Ehrwürdiger Nikolas, du verstehst das Schweigen unseres Gottes und kennst Seine verborgene Weisheit; wir bringen eine Nachricht, die auch dich betrifft. Vor neun Monaten ist unser Meister Simon, Bischof von Alexandrien, gestorben." „Wir haben davon bei der wöchentlichen Synaxis erfahren", sagte Nikolas. „Wir danken Gott jeden Abend im Gebet für die Güte, die er in seinem Leben gezeigt hat, und beten für seine Seele." Timotheos nickte: „Da ist noch etwas. Die Kirche von Alexandrien hat uns mit einer Botschaft hierhergeschickt. Sie lautet: Du bist als Nachfolger Simons ausersehen. Du sollst Bischof von Alexandrien werden. Das ist der übereinstimmende Wunsch aller Brüder."

Johannes hörte nicht mehr, was Timotheos und die anderen noch sagten. Durch seinen Kopf jagten so viele Gedanken. Er hörte erst wieder hin, als Nikolas sprach, der seine Besucher bat, noch einen Tag und eine Nacht zu bleiben; er wolle erst Gottes Willen erforschen, bevor er ihnen Antwort gebe.

Da hast du mein Klagen in Tanzen verwandelt,
darum singt dir mein Herz und will nicht
verstummen.
(Psalm 30,12–13)

Johannes kümmerte sich um die Gäste, während Nikolas sich eine halbe Tagesreise weit an einen stillen Ort in der Wüste zurückzog. Erst am dritten Tag kam er zurück. Nachdem er sich erfrischt hatte, versammelten sich alle um ihn. Er bedankte sich höflich und sagte:

„Liebe Freunde, gegen die Auszeichnung, die ihr mir anbietet, stehen drei Einwände.

Der erste Einwand ist meine Unwissenheit.
Hat ein Wanderpoet aus Gallien die nötigen
Fähigkeiten, um in Rom zu herrschen?
Ebensowenig bin ich geeignet, die Kirche in
Alexandrien zu leiten."
„Gegen deine Unwissenheit setzen wir unsere
Erfahrung für dich ein", sagten sie.

„Der zweite Einwand ist meine Armut.
Hält denn ein Bettler Hof im Palast des Herr-
schers?
Mir fehlt es an den für diesen Dienst nötigen
Mitteln."
„Gegen deine Bedürftigkeit setzen wir unseren
Reichtum für dich ein", sagten sie.

„Der dritte Einwand ist mein Alter.
Wird ein gebeugter, altersgrauer Mann sich noch
im Wettkampf messen?
Ebensowenig habe ich noch die Kraft für dieses
Amt."
„Gegen deine Ermattung setzen wir unseren
Beistand für dich ein", sagten sie.

Dann sprach Timotheos der Gütige:
„Wenn du das Amt übernimmst,
wird sich dein Rücken unter keine fremde Last
beugen,
wird kein schweres Gewand auf deine Schultern
drücken.
Wir suchen einen Herrn und Gebieter,
der in seiner Weisheit weiß:
Was in Reichweite liegt, übersteigt unser Begreifen;
was in Sichtweite scheint, übersteigt unser
Sehvermögen;
was wir zu hören vermögen, übersteigt unser
Verstehen.

Wir suchen einen Bischof, der uns Führer ist
zum strahlenden Glanz des Wesens des Vaters,
zur Herrlichkeit des Auferstandenen Sohnes,
zum Geheimnis der Gegenwart des Heiligen
Geistes."

Nikolas sagte:
„Der Herr und Gebieter, den ihr sucht, ist schon in
eurer Stadt.

Als man zu ihm sagte: ‚Wo ist der strahlende Glanz
des Wesens des Vaters?' zeigte er auf die rosa Blüte des
Mandelbaumes; ein Kind an der Brust der Mutter.

Als man zu ihm sagte: ‚Wo ist die Herrlichkeit des
Auferstandenen Sohnes?' zeigte er auf das duftende
Gras in der dunkelnden Nacht; das Opfer des Lieben-
den.

Als man zu ihm sagte: ‚Wo ist das Geheimnis der
Gegenwart des Heiligen Geistes?' zeigte er auf ein win-
ziges Weizenkorn; eine vergessene Frau, die allein
stirbt."

„Wo ist er?" fragten sie.

„Für ihn gilt nicht der Einwand der Unwissenheit,
denn er kennt Alexandrien und seine Bürger
bestens.

Für ihn besteht nicht der Einwand der Armut,
denn er ist Erbe großer Ländereien.

Für ihn hat der Einwand des Alters keinen Anhalt,
denn er nimmt noch zu an Stärke.

Wenn ich jetzt seinen Namen nenne, bedenkt:

Samuel war noch ein Knabe, als der Herr sich ihm offenbarte.

Aus dem Mund von Kindern und Säuglingen strömte Weisheit aus.

Nur als Kinder können wir Sein Reich betreten.

Er lebt im großen Kloster von Alexandrien, steht unter der geistlichen Führung des seligen Bessarion und wurde vom Heiligen Geist geküßt. Während die anderen langsam den Weg der Unterscheidung lernen, fliegt er schnell wie ein Pfeil zum Ziel. Er ist kaum zwanzig Jahre alt, aber um vieles weiser, als sein Alter erwarten läßt. Es ist der Enkel von Xanthias, dem Vorsteher der Akademie für Rhetorik, der Bruder von Synkletika, sein Name ist Rufinus."

„Werden sie wirklich Rufinus zu ihrem Bischof machen?" fragte Johannes, als er zusammen mit dem Abt der Abordnung nachsah, die sich traurig auf den Rückweg nach Alexandrien gemacht hatte.

„Wie oft hat schon himmlische Torheit sich mit irdischer Weisheit verbunden?" lachte Nikolas. Dann waren der Abt und der Zwerg wieder allein, inmitten von Sand und Stille.

Glossar

„Am Abgrund zwischen Athen und Jerusalem stehen": Diese Formulierung knüpft an den christlichen Schriftsteller Tertullian an, der sich um das Jahr 200 n. Chr. scharf gegen die Übernahme des griechischen Denkens in das Christentum ausgesprochen hat: „Was hat Athen mit Jerusalem zu schaffen? Was die Akademie mit der Kirche? Unsere Lehre stammt aus der Säulenhalle Salomos."

Apophatischer und kataphatischer Weg: Der negative und der positive Weg der Gotteserkenntnis. Der negative Weg betont, daß Gott ganz anders ist als alles, was Menschen denken und erfassen können. Der positive Weg hält fest, daß Gott durch die Welt als ihr Urheber erkannt werden kann.

Astarte: Altsemitische Mutter-, Himmels- und Fruchtbarkeitsgöttin. In ihren Heiligtümern wurde Tempelprostitution geübt.

Ausfluß: Im Kapitel über die Reinheitsgesetze im alttestamentlichen Buch Levitikus sind Regeln zum Ausfluß enthalten; vgl. Lev 15,1–15.

Beelzebul (hebr.): Herr der bösen Geister; vgl. Mt 10,25.

Behemot (hebr.) „Riesentier", im Alten Testament Name des Nilpferdes; vgl. Ijob 40,15–24.

Beliar (hebr.): Name für den Teufel im Neuen Testament als Widersacher Christi; vgl. 2 Kor 6,15.

Bozra: alte Hauptstadt von Edom; vgl. Jer 49,13.22.

Dornbusch: Im Text wird angespielt auf die Gottesbegegnung des Mose am Horeb; vgl. Ex 3,2.

Einsamkeit: „In der Einsamkeit ist der Mensch verbunden mit allen." Diese Formulierung bezieht sich auf die Lehre von der „Solitudo pluralis", der gemeinschaftlichen Einsamkeit, die in der monastischen Tradition eine große Rolle spielt; vgl. dazu Thomas Merton, Keiner ist eine Insel.

Erech: Zweite Stadt von Nimrod, erwähnt im alttestamentlichen Buch Genesis; vgl. Gen 10,10.

Gebet: Das gemeinsame Gebet bei der Ankunft von Gästen gehört zum Begrüßungsritus; es dient aber auch dazu, den Teufel, der sich möglicherweise als Gast einschleicht, zu entlarven.

Granatapfel: Die samenreiche Frucht des Granatapfels ist ein Symbol für Fruchtbarkeit.

Große Hure: Mit der „großen Hure" und „Babylon" ist die Weltmacht Rom in der Geheimen Offenbarung des Johannes, Offb 17,3, gemeint.

Heschbon: Stadt im Ostjordanland.

Höllenabstieg: In der frühen Kirche verband sich die Vorstellung vom „Höllenabstieg" Christi mit dem Gedanken, er habe im Hades zunächst den Gerechten des Alten Testaments, dann aber allen Toten das Heil gepredigt und so sein Erlösungswerk fortgesetzt; vgl. Eph 4,9f; 1 Petr 3,19f.

Ikabod (hebr.) „Fort ist die Herrlichkeit"; vgl. 1 Sam 4,19–21.

Immanuel (hebr.) „Gott mit uns"; vgl. Jes 7,14; Mt 1,23.

Isaak: Das Zitat bezieht sich auf die alttestamentliche Erzählung von der Opferung Isaaks durch seinen Vater Abraham; vgl. Gen 22, 1–14.

Itamar: Die hier nacherzählte Geschichte über die Schandtat der Männer von Gibea an der namenlosen Nebenfrau aus Betlehem ist dem alttestamentlichen Buch der Richter (Kap. 19–20) entnommen. Die Personennamen sind nachträglich eingefügt.

Jakob: In der altestamentlichen Jakobsgeschichte ringt Jakob an der Furt des Jabbok mit einem Mann. In der Vorlage für die Erzählung war dieser „Mann" vielleicht ein dämonisches Wesen. Die Tradition sieht in ihm einen Engel oder Gott selbst. Der Jabbok ist ein Nebenfluß des Jordan; vgl. Gen 32,23–33.

Jambres und Jannes: Nach der jüdischen Tradition sind dies die Namen der ägyptischen Zauberer, die sich Mose widersetzten; vgl. Ex 7,11.22; 2 Tim 3,8. Sie sollen in der Wüste ein irdisches Paradies gepflanzt haben.

Jasmin: Die weiße Farbe und der süße Duft des Jasmin sind ein Sinnbild für die Anmut.

Jebus: vorisraelitischer Name für Jerusalem.

Käse und Geflügel: Der Frage des Jeschua liegt die Vorschrift zugrunde, zwischen Fleisch- und Milchspeisen strikt zu trennen; vgl. Ex 23,19; Dtn 14,21b.

Kellia: ägyptische Wüste, südlich von Alexandrien gelegen.

Kleintiere: Das Zitat bezieht sich auf die Reinheitsgesetze im alttestamentlichen Buch Levitikus, hier Lev 11, Verse 21f.

König David: Die angeführten Verse sind Zitate aus dem Psalm 110, dem meistzitierten Psalm im Neuen Testament. Die frühe Kirche war überzeugt, daß der Psalm von David stammt und daß er hier vom Messias spricht.

Kusch: Das heutige Äthopien; vgl. Gen 2,13; Nah 3,9.

Leviatan: Ungeheuer der altorientalischen Mythologie; vgl. Ps 104,26, Ijob 40,25–41,26.

Lilie: Die Lilie ist ein Sinnbild für die Reinheit. Die Symbole „Jasmin", „Myrte und „Lilie" sind eng verbunden mit der Jungfrau Maria.

Migne, Jacques-Paul (1800–1875): katholischer Pfarrer und Verleger, hat die größte Sammlung von Schriften aus den ersten Jahrhunderten der Kirche herausgegeben. Die „Apophtegmata Patrum", eine Sammlung von Sprüchen und Beispielen berühmter Mönche, sind enthalten in der Patrologia Graeca, Bd. 65, und in der Patrologia Latina, Bd. 73.

Militär: Unter den Kaisern Valentinian und Valens wurden im 4. Jh. auch Mönche zum Militärdienst eingezogen.

Morgenstern: Er ist ein Symbol für Christus; vgl. 2 Petr 1,19.

Myrte: Diese Pflanze ist ein Symbol für die Liebe.

Myrtenbaum: Der Prophet sieht in einer Vision einen Mann zwischen Myrtenbäumen stehen; vgl. Sacharja 1,8. Die Myrtenbäume werden von manchen frühchristlichen Autoren als Zeichen für die Heidenvölker interpretiert.

No-Amon: Theben in Oberägypten; vgl. Nah 3,8–10.

Orangenbaum: Die weißen Blüten des Orangenbaumes sind ein Zeichen für Keuschheit und dienten als Schmuck für die christliche Braut.

Platane: Dieser Baum ist Zeichen für Charakterstärke.

Ruach (hebr.): „Geist".

Samenerguß: Der nächtliche Samenerguß, die „Pollutio nocturna", spielt in der asketischen Literatur eine große Rolle. Die strengere Auffassung verbietet nach einem nächtlichen Erguß den Empfang der Eucharistie. Manche Autoren machen einen Unterschied zwischen dem Erguß, der auf vorsätzliche wollüstige Gedanken folgt, und dem Erguß, der durch dämonische Versuchungen verursacht ist.

Samuel: Die Berufung des Samuel wird im Ersten Buch Samuel beschrieben; vgl. 1 Sam 3.

Schechina (hebr.): „Einwohnung". Sie ist der sichtbare Glanz der Gegenwart Gottes.

Schlangengift: „Ihre Trauben sind giftige Trauben und tragen bittere Beeren. Ihr Wein ist Schlangengift und Gift von ekligen Ottern." Zitat aus dem Lied des Mose; vgl. Dtn 32,32f.

Schulammit: Name der Braut im Hohenlied, Hld 7. Im Trugbild fließen die Gestalten der Großen Hure aus der Offenbarung des Johannes und der Braut des Hohenliedes ineinander.

Sketis: ägyptische Wüste südlich von Alexandrien.

Stephanus: Der erste christliche Märtyrer; vgl. Apg 7,54–60.

Stoiker: Anhänger der Stoa, einer philosophischen Lehre, die im 3. Jahrhundert vor Christus entstand.

Synaxis: Zusammenkunft zum Gebet oder zur Feier der Eucharistie.

Veilchen: Sie sind ein Symbol für die Demut der Jungfrau Maria und auch des Sohnes Gottes, der Mensch geworden ist.

Verunreinigung durch einen Toten: Regeln aus dem alttestamentlichen Buch Numeri; vgl. Num 19,11–22.

Verzeihung: Hier wird auf die Worte Jesu am Kreuz Bezug genommen; Lk 23,34.

Vigil: Nächtliche Gebetsversammlung, die sich im frühen Mönchtum zu einer gemeinsamen Gebetsstunde entwickelte.

Wein: Daniel weist den Wein von der königlichen Tafel zurück, um sich nicht unrein zu machen; vgl. das alttestamentliche Buch Daniel, Dan 1,1–17.

Derek Webster ist ein anglikanischer Pfarrer und Dozent an der Universität von Hull/England. Der Vater von vier Kindern wollte während eines Studienaufenthaltes in Israel eigentlich ein akademisches Werk verfassen. Aber statt sich in Bibliotheken und archäologische Forschungsstätten zu vertiefen, überließ er sich immer häufiger der magischen Anziehungskraft der Wüste. In Einsamkeit und Weite stellte sich jedoch unerwartete Gesellschaft ein: der Abt und sein Zwerg. In England wurden die ebenso lebensklugen wie liebenswerten Gestalten bald so populär, daß Webster immer neue Geschichten von ihnen erfinden mußte. Dies hier sind die ersten Geschichten vom Abt Nikolas und seinem Zwerg Johannes.

Klaus Müller vereinigt eine Doppelbegabung in sich. Der Schauspieler am Augsburger Theater (Spezialität: „böse" Rollen) ist zugleich ein leidenschaftlicher Zeichner und Illustrator. Seine Liebe zu spirituellen Themen und die zauberischer Leichtigkeit, mit der er Atmosphären und Charaktere einfangen kann, prädestinierten ihn für dieses Buch.